Rafik Schami

Sieben Doppelgänger

Carl Hanser Verlag

1 2 3 4 5 03 02 01 00 99

ISBN 3-446-19680-3

Satz: Satz für Satz. Barbara Reischmann, Leutkirch
Druck und Bindung: Clausen & Bosse, Leck
Printed in Germany

In Dankbarkeit allen Buchhändlerinnen und Buchhändlern, die jemals einen Erzählabend mit mir veranstaltet haben, sowie allen, die jemals einen solchen ins Auge gefaßt haben, aber nicht realisieren konnten. Damit sie erfahren, warum ich zur Zeit nicht mehr reise – weil alles, wovon ich im Folgenden erzähle, passieren kann, wenn ein Autor nicht gelernt hat, rechtzeitig nein zu sagen.

*

Alle Personen, Orte und Ereignisse dieser Geschichte
sind reine Erfindung. Die Ähnlichkeit mit lebenden
Personen, realen Ereignissen, Orten und
Buchhandlungen ist ein Zufall und
zugleich Anlaß zum Staunen,
wie sehr das Leben
letztendlich
fiktiv
ist
*

Vom Ernst, der oft in einer Falte des Lachens schlummert

Alles hat in Karlsruhe begonnen, und schuld ist Gerhard B.

Vereinbart hatte ich eine Lesung bei der Karlsruher Bücherschau, doch die war im Handumdrehen ausverkauft. Der Buchhändler wurde bedrängt und bedrängte seinerseits mich, und ich machte wieder eine Ausnahme und sagte für eine zweite Lesung zu, am selben Ort, aber mit anderen Geschichten. Der Erfolg war überwältigend. Also sind auch die Karlsruher Zuhörer und Buchhändler schuld. Denn wären sie zurückhaltender gewesen mit ihrer Liebe, wäre alles nicht passiert.

Aber das Unglück wäre auch nur halb so schlimm ausgefallen, wenn meine sieben Doppelgänger nicht vollkommene Nieten gewesen wären. Wie sonst soll man diese erbärmlichen Kreaturen nennen, die die einfachste Aufgabe nicht bewältigen können. Ja, sie trifft die größte Schuld!

Aber jetzt muß ich mit der Liste der Schuldigen aufhören, denn sonst lande ich noch bei meiner unverbesserlich menschenfreundlichen Mutter, die bei jedem Verbrecher so lange suchte, bis sie eine positive Seite fand. Oder bei Jesus Christus und seinem Gebot, den Nächsten zu lieben, auch wenn es sich um das größte Schlitzohr handelt.

Um die Wahrheit zu sagen: Außer mir trägt niemand die Schuld an der Katastrophe. Niemand. Und weil ich mich nun offiziell dazu bekenne, kann ich die Geschichte auch frei erzählen, genau wie sie passiert ist.

Am ersten Dezember legte sich der Nebel vom Vortag, der Himmel über Karlsruhe klarte auf und die Erde gefror. In der Nähe des Hotels, in dem ich übernachtete, war aus dem nüchternen Marktplatz ein wimmelnder, lärmender und deftig riechender Weihnachtsmarkt geworden. Ich besuchte kurz die Buchhandlung, flachste eine Weile mit einer Frau, die im Dezember ein Buch über Osterhasen suchte, und verbrachte den ganzen Nachmittag mit Glühwein und Schupfnudeln. Reisen bildet und macht dick – oder gesund, wie wir Araber die Körperfülle nennen.

Ein Schläfchen wusch den süßlichen Nebel aus meinem Hirn, und um sechs – nach einer langen Dusche – war ich wieder frisch und voller Tatendrang wie ein Fohlen.

Und entsprechend verlief auch der zweite Abend in Karlsruhe. Er wirkte auf mich berauschend.

Solche Abende verjüngen das Herz. Alle fünf oder sechs Jahre treffe ich eine Freundin aus der Studentenzeit, und sie fragt mich jedesmal ernst und ein wenig neidisch, was ich so einnehme, daß ich immer zehn Jahre jünger aussehe, als ich in Wahrheit bin. Ich nehme nichts ein. Im Gegenteil! Ich gebe, indem ich erzähle. Erzählen hält mein Herz in Spannung. Heute, nach einem Monat im Versteck, sehe ich so alt aus, wie meine fünfzig Jahren verlangen.

Freies Erzählen ist eine Zauberei. Man steht im Rampenlicht und empfängt die Sympathie der Menschen. Ich komme mir vor wie eine Linse, die das Licht bündelt, oder wie eine Satellitenantenne, die diese Sympathie aus dem Saal empfängt und ins Herz leitet, wo sie Kraft, Bilder und Wörter erzeugt. Ich fühle es nicht nur als Kitzel meiner Seele, ich fühle es körperlich, und deshalb bin ich auch körperlich süchtig nach Auftritten vor Publikum geworden.

Oft habe ich gewünscht, auf der Bühne zu sterben. doch war es mir bisher nicht vergönnt.

Doch zurück zu jenem merkwürdigen Abend in Karlsruhe, an dem die Idee des Doppelgängers geboren wurde.

Nach der Lesung gingen wir – der Buchhändler, seine Mitarbeiter und ein paar Freunde, darunter Gerhard B. – in ein italienisches Restaurant, und ich war der glücklichste Mensch auf Erden. Aber ich fühlte mich erschöpft. Das war meine 139. Lesung in jenem Jahr, und ich hatte noch eine

Woche mit zehn Vorträgen, jeweils zwei an einem Tag: einen am Nachmittag vor Kindern und einen abends für Erwachsene.

In jenem Jahr war ich dreimal fürchterlich erkältet und schluckte, um die Vorträge überhaupt halten zu können, eine Menge Medizin. Kurz vor Ende der Reise war ich so geschwächt, daß ich mich bei jeder Begrüßung ansteckte.

»Du brauchst Ruhe«, sagte mir mein Hausarzt. Er sah selbst abgekämpft und müde aus.

Gut gesagt, aber wo sollte ich die Ruhe hernehmen? Jede Nacht in einem anderen Hotel mit unterschiedlichen Betten, Temperaturen und Geräuschpegeln – und das deutsche Frühstück war nicht in der Lage, mich zu kurieren.

Ich war in jenem Jahr wirklich besonders müde.

Gerhard B. saß mir gegenüber. Witzig und schüchtern zugleich fragte er beim zweiten Glas Wein, wie es mir gehe. Er fragte nie aus Höflichkeit. Wir kannten uns seit über zehn Jahren. »Glücklich, aber müde, sehr müde«, antwortete ich ernst.

»Kein Wunder«, erwiderte er und schaute zur Seite, um seine Frau zu informieren, eine erfahrene Therapeutin, »er hat heute seine 170. oder 240. Lesung hinter sich.«

Verwundert sah seine Frau mich an.

»Er übertreibt«, beschwichtigte ich.

»Ja, ja, ich übertreibe, aber erst wenn du einen Nervenzusammenbruch erleidest, wirst du erfahren, wer hier übertreibt. Ich habe beide Abende miterlebt, und was du da an Kraft verschleißt, ist furchtbar. Die Leute im Saal merken gar nichts. Sie amüsieren sich nur.« Und er fügte wie nebenbei hinzu: »Warum nimmst du dir keinen Doppelgänger?« Und weil er genau in dieser Sekunde entweder meinen offenen Mund und dümmlichen Blick sah oder selbst das Geniale – oder sagen wir es ehrlicher, das Teuflische – an seinem Gedanken erkannte, lachte er so frech und laut, daß der Wirt, der gerade die Bestellungen für die nächste Runde entgegennehmen wollte, erschrak.

»Bist du verrückt?« fragte ich.

»Du kannst dich zurücklehnen«, fuhr Gerhard unbeirrt fort, »und deinen Doppelgänger in die Kälte schicken, fifty-fifty, und sei sicher: Hundert arme Teufel würden sich wünschen, einen so tollen Job zu bekommen: erzählen, Rafik Schami spielen und am Abend einen warmen Fünfhunderter in der Tasche fühlen und womöglich eine schöne Frau im Hotelbett. Du machst Schluß mit deiner mittelalterlichen Art, jetzt sollen andere übernehmen.«

»Du spinnst wohl«, rief ihm seine Frau zu, aber ihr Ton klang bewundernd.

»Ja, ich spinne, aber wetten wir, daß seine Doppelgänger am selben Abend in zehn Orten erzählen können, und kein Schwein merkt was. Was weißt du hier in Karlsruhe davon, was heute abend in Heidelberg, Mannheim oder Ludwigshafen passiert? Hm? Von Wiesloch, Walldorf, Schwetzigen, Bensheim, Weinheim, Neckargemünd oder Darmstadt, mal ganz abgesehen. Und wer von uns weiß, wer heute abend in Zürich oder Wien einen Vortrag gehalten hat?«

»Aber«, stotterte seine Frau. Ich erstarrte und schluckte schwer an der brennenden Logik, die meinen Kehlkopf lähmte.

»Nichts aber«, erwiderte er und wandte sich mir zu. »Das ist wirklich die einzige Lösung, wenn du nicht auf irgendeiner Autobahn oder, noch schlimmer, mit einem Herzinfarkt in einem Sanatorium enden willst.«

Ich wechselte zunächst das Thema, doch als ich ihn beim dritten Wein fragte, woher er die Idee mit den Doppelgängern habe, klatschte seine Antwort wie eine Ohrfeige gegen meine Vergeßlichkeit: »Aus deinem Roman *Der ehrliche Lügner*. Das Kapitel hast du uns vor einem Jahr hier in Karlsruhe erzählt.«

Ich nickte und lächelte verlegen, um meinen Blackout zu entschuldigen. So schnell wendet sich Geschriebenes gegen den Urheber.

»Und die Buchhändler?« fragte seine Frau leise, »was ist, wenn sie es merken?«

»Sie merken gar nichts«, sagte Gerhard, »die sind am Abend viel zu aufgeregt und übermüdet. Mich hat mein liebster Buchhändler mit ›Grüß dich, Stefan‹ begrüßt! Seit fünfzehn Jahren bin ich sein Kunde!«

Wie recht Gerhard hatte! Die Buchhändler freuen sich auf die Veranstaltung und sind am Abend so erschöpft, daß sie oft bescheiden und glücklich in der hintersten Reihe sitzen, wenn sie nicht sogar zwei Stunden lang stehen bleiben. Das ist wahrlich ein Hungerlohn für all die Anstrengung, die die Vorbereitung zu einer Lesung verursacht. Ihr Risiko ist groß: eine gelungene Lesung ist eine Oase, eine mißlungene ist eine Fata Morgana. So gefährlich ist das.

»Und was, wenn die Buchhändler nicht so erschöpft sind?« fragte seine Frau hartnäckig.

»Ja und? Mit wem sollen sie den Doppelgänger vergleichen? Rafik muß schließlich nicht im Publikum sitzen und seine Nase zum Vergleich hinhalten. Und allein aus dem Gedächtnis heraus kann man einen guten Doppelgänger nie entlarven.« Er drehte sich zu mir und fuhr fort: »Und wie viele Buchhandlungen, Bibliotheken und Volkshochschulen hast du noch nie betreten?«

Ich bestätigte, daß ich in fünfzehn Jahren noch nicht einmal die Hälfte aller Buchhandlungen Deutschlands, der Schweiz und Österreichs besuchen konnte. Allein in Deutschland gibt es noch über tausend Buchhandlungen und genauso viele Volkshochschulen und Bibliotheken, in denen ich noch nie aufgetreten war. »Aber was ist mit den Fotos?« wollte ich fragen, doch ich kaute die Frage noch einmal und schluckte sie hinunter. Mein Gott, die Fotos der Autoren sind das letzte, das zuverlässig Auskunft gibt. Wie oft mußte ich lachen bei der Betrachtung des Originals. Bei Luciano De Crescenzo wollte ich meinen Augen nicht trauen, daß dieses rosarote Menschlein mit schütteren Haaren am Stand von Diogenes derselbe Mann mit dem

Robert-Redford-Lächeln auf dem gerade frisch gedruckten Buchumschlag sein sollte.

Und ich? Sah ich auf dem Foto, das das Interview der ZEIT begleitete, nicht wie ein untersetzter Teppichverkäufer aus? Ein Freund von mir rief empört an, man habe mich in der Redaktion wohl mit Rushdie verwechselt. Ich mußte ihn enttäuschen.

Die Verwechslung nimmt bei Volkshochschulen und Bibliotheken das Ausmaß einer Katastrophe an. Wie oft haben mich Bibliothekarinnen und Volkshochschulleiter vor dem Publikum mit falschem Namen begrüßt? Rushdie, Rafsandschani, Raff, Rafi, Trafik waren hoch im Kurs, und am häufigsten wurde ich von ihnen Shamir genannt.

Die Gastgeber sind nicht nur sehr aufgeregt, manche fürchten sich vor dem Mikrofon sogar mehr als vor dem Steuerfahnder.

»Und woher nehme ich meine Doppelgänger?« fragte ich überflüssigerweise, da ich selbst die Antwort kannte. Gerhards Antwort kam prompt: »Also, so wie du ausschaust, kann dich jeder zweite Italiener, Araber, Grieche, Perser oder Türke vertreten, und bald werde nicht einmal ich mehr den Unterschied merken.« Er lachte und handelte sich ein mißbilligendes Kopfschütteln seiner Frau ein.

»Hör auf zu trinken«, hörte ich sie flüstern.

Aber recht hatte er.

Natürlich tranken wir weiter, weil wir die Lösung für meine Ängste, Müdigkeiten und Zeitprobleme gefunden hatten.

Angst hatte und habe ich bis heute vor Autounfällen. Pro Jahr habe ich mindestens einen, aber bisher gingen alle glimpflich aus. Natürlich gab es auch traumatische Erlebnisse, die sich in meine Seele eingraviert haben, wie damals auf dem Weg nach Ravensburg. Mein VW-Käfer führte beim Aquaplaning einen Walzer auf und beachtete weder mich noch sein Lenkrad oder die Bremse. Alles lief im Zeitlupentempo vor meinen Augen ab, und ich glaubte, daß mein Hirn nun vor dem Tod auf Sparflamme umgeschaltet hatte. Ich sah das Brückengeländer auf mich zuschweben und wußte, daß ich jetzt einen Stoß und dann einen freien Fall von 200 Metern als Abschluß eines bewegten Lebens erleben würde, und ich weiß, daß ich noch gedacht habe: »Schade, ich fange doch gerade erst an zu leben.« Und just in diesem Moment machte der Wagen eine halbe Drehung, glitt wie ein Ballettänzer parallel zum Geländer und fiel sanft und mit letzter Kraft in eine flache Böschung, nur zwei Meter vom Ende der Brücke entfernt. Es regnete unaufhörlich, und ich registrierte noch, wie alle Autos anhielten und ihre Warnblinker einschalteten.

Ein Türke brachte seinen großen Ford zum Stehen und rannte zu mir. Mein VW-Käfer lag auf der Beifahrerseite. Ich öffnete die Fahrertür und stieg wie aus einem U-Boot aus.

In diesem Augenblick fuhren die Autos weiter. Der Türke stand vor mir, doch er sagte kein Wort. Er lächelte, und das Wasser floß in Fäden aus seinem ergrauten Schnurrbart.

Wie ein Profi der Pannenhilfe verrichtete er sein Werk fast allein und mit einer beneidenswerten Eleganz.

»Sie viel Glück. Mein Sohn gleich tot. Kopf kaputt«, sagte er später und rollte das Stahlseil wieder auf, mit dem er den Käfer aus der Böschung gezogen hatte. Und siehe da, der VW hustete ein paarmal und startete durch, als wäre nichts gewesen. Vor Aufregung habe ich mich nicht einmal bei dem Türken bedankt. Er fuhr ein paar hundert Meter hinter mir her und war dann irgendwann verschwunden.

In Ravensburg angekommen, fuhr ich gleich zu meinem feinen Hotel. Die Dame an der Rezeption wurde steif vor Schreck, als sie meine dunkle nasse Gestalt sah, die, statt Schuhen, zwei Klumpen Erde an den Füßen trug.

Ich zog mich schnell um und raste zur Buchhandlung. Das Publikum füllte bereits das Haus, und ich verhielt mich wie mein VW so, als sei nichts passiert, hüstelte ein paarmal und erzählte den ganzen Abend lang. Doch noch viele Nächte später suchte mich dieser Alptraum mit dem tanzenden Käfer wieder heim, und ich fiel immer tiefer, bis ich erschrocken und oft schreiend aufwachte.

Auch auf der Autobahn nach München habe ich den Tod aus der Nähe begrüßt. Ich war voller Glück. Ich hatte nur noch eine Lesung in München. Damit war meine Tournee in jenem Jahr zu Ende und ich freute mich ungemein auf eine Freundin aus Argentinien, mit der ich anschließend eine Woche in Salzburg verbringen wollte. Ihre Mutter war drei Jahre lang die Geliebte von Pablo Neruda gewesen.

Während ich *What a wonderful world* von Louis Armstrong vor mich hin sang, sah ich plötzlich im Rückspiegel ein Auto, das mit den Rädern nach oben auf dem Dach wie ein funkensprühendes Geschoß auf mich zuraste. Ich ergriff die Flucht nach rechts und hielt auf der Standspur an. Das Auto zischte an mir vorbei und knallte gegen einen Lastwagen, der massig und langsam vor uns fuhr. Der Aufprall ereignete sich nicht einmal hundert Meter entfernt von meinem Auto. Ich stellte meine Warnblinker an und rannte mit zwei anderen Autofahrern zu den verunglückten Wagen. Es war nichts mehr zu machen. Der Fahrer war siebenmal tot.

Manchmal denke ich, mein Schutzengel hat zuviel Arbeit mit mir. Ich weiß nicht, wie oft er mein Leben gerettet hat. Ist es möglich, daß er wegen der vielen unangenehmen Überraschungen einen Doppelgänger mit meinem Schutz beauftragte? Ich merke in der Tat, daß ich seit einer Weile wie schutzlos lebe.

Doch trotz Gefahr und Müdigkeit! Sobald ich auf die Bühne gehe, vergesse ich alles, selbst ein verletztes Bein, einen zerquetschten Daumen, Magenkrämpfe, Wut und Trauer. Erzählen hat mich selbst immer verzaubert, und diese Verzauberung riß auch das Publikum mit.

Nichts auf der Welt konnte mich dann ablenken. Nur meine Figuren lebten und nahmen mich an der Hand, führten mich von Handlung zu Handlung, und ich streckte die andere Hand aus und zog das Publikum in die Geschichte mit hinein.

Was geschieht beim Erzählen mit mir? Früher wußte ich kluge und prägnante Antworten zu geben. Heute bin ich bescheidener und kann nur Vermutungen äußern, weil sich Erzählen wie vieles im Leben einer genauen Analyse entzieht. Ich weiß nur, daß Erzählen eine Voraussetzung hat, die am wenigsten beachtet wird: zuhören. Auch ich stottere bis heute, wenn ich merke, meine Worte dringen nicht ins Ohr, sondern prallen an eine unsichtbare Mauer und fallen tot zu Boden. Und so kommen die nächsten Sätze bereits geschwächt aus meinem Mund und schleichen sich unbeachtet in die Vergessenheit.

Haben mich nicht viele Kollegen gewarnt, ich würde leerlaufen, wenn ich zuviel erzähle? Nichts davon ist wahr. Je mehr ich erzählte, um so mehr Einfälle hatte ich, und da meine Gedanken orientalisch sind und nie gelernt haben, Schlange zu stehen, drängten sie sich am Ausgang, und ich mußte manchmal nach einer Lesung die ganze Nacht im Hotel schreiben, bis ich den Stau auflösen und dann erleichtert und erschöpft in den Schlaf fallen konnte. Nein, meine Zunge war kein Bagger, der Geschichten aus meinem Gedächtnis hervorschaufelte, sondern sie war immer wie die Hand eines Töpfers, die aus der amorphen Masse der Erinnerungen und Verknüpfungen große und kleine Gefäße formte, mit einem Wort: Geschichten.

Doch manchmal waren es nicht die Geschichten, die mich schlaflos machten. Mein Gemüt hatte während der Tourneen zu viele Wechselbäder an einem Tag bewältigen müssen. Die Nähe zum Tode erschütterte mich in der Stille der Nacht, und ich hatte Angst vor der nächsten Fahrt. Und nicht selten brachen herzzerreißende Affären unangekündigt in mein Leben ein, die nicht nur Narben zurückließen.

Es war ein schönes, anstrengendes, überraschendes Leben, meine Romanze mit dem Publikum.

Fünfzehn Jahre lang reiste ich in der Bundesrepublik, Österreich und der Schweiz umher, jedes Jahr über 45 000 km. Das ist die Strecke, die ein Taxifahrer im Jahr zurücklegt, und zugleich mehr als der Erdumfang. Fünfzehnmal habe ich also die Erde erzählend umkreist, und nun war ich müde, unendlich müde. Und pro Tag kamen drei Anfragen, jeweils zwei neue und eine Wiederholung einer alten. Im Jahr über tausend Anfragen!

Das schmeichelte meiner Eitelkeit, aber es warf Fragen auf, die nach einer Antwort verlangten.

Und Gerhards Geistesblitz konnte endlich die Lösung bringen.

Vom Neinsagen und faulen Ferkeln

Gerhards Einfall gab mir eine mögliche Antwort auf meine verzweifelten Fragen. Was sollte ich machen? Mein Rekord lag bei 160 Lesungen im Jahr, nicht gerechnet Seminare, Radiosendungen und Tagungen. Und wenn ich das geleistet hatte, war ich ausgelaugt. Ich hatte Glück, daß ich jahrzehntelang auf Vorrat geschrieben habe, denn nun konnte ich all die Bücher veröffentlichen und dabei munter reisen, aber langsam war das Lager der bereits formulierten Geschichten aus alten Zeiten leer geräumt, und ich hatte haufenweise neue Ideen und eine große Schachtel mit Zetteln. Aber wo war die Zeit?

Nichts auf der Welt, ausgenommen die Liebe, ist als Zeitdieb geschickter als das Reisen.

Am Anfang sagte ich mir, ich würde von Hotel zu Hotel und von Café zu Café schreiben, und ich tröstete mich mit der beachtlichen Liste der Autoren, die an solchen Orten geschrieben haben, von Karl Kraus bis Nabokov, doch mir wollte es nicht gelingen. Ich brauchte den Schreibtisch.

Und selbst wenn ich nichts mehr schreiben wollte, mich quasi für diesen Genuß, auf der Bühne zu stehen und Erwachsene und Kinder zu unterhalten, auslaugen ließ, so würde ich die über tausend Anfragen im Jahr nicht bewältigen. Wer kann das schon? Und deshalb mußte ich die meisten Anfragen ablehnen. Die Enttäuschung der Liebe meines Publikums war vorprogrammiert. Die Doppelgänger würden mir erlauben, auch die kleinsten Bibliotheken und Buchhandlungen zufriedenzustellen und damit auch mein Publikum.

Als ich vor über fünfzehn Jahren unbekannt war, lachten mich meine Kollegen und Freunde aus. »Du willst den

Deutschen etwas erzählen? Weißt du überhaupt, in welchem Land du lebst? Hier hört keiner zu.«

Ich kam mir vor wie ein Entwicklungshelfer, der durch Technik und Chemie verdorbene Bauern in einem Land der dritten Welt wieder zu den Ursprüngen zurückführt, mit denen ihre Urgroßeltern bei jedem Wetter überlebt haben.

Die Lesungen am Anfang bestätigten dann auch die pessimistischen Prognosen. Ich lebte damals in Heidelberg und reiste für Vorträge bis Hamburg, Wien und Berlin. Wie oft stand ich nach sechs, sieben Stunden Fahrt vor zehn Leuten, davon drei von der Buchhandlung. Natürlich ist man bitter enttäuscht, wenn man mitten im Winter einen leeren Saal vor sich hat, aber der Orientale in mir soufflierte leise: »Diese Leute hier können nichts dafür, daß andere nicht gekommen sind.«

Und ich atmete einmal tief durch und erzählte den Anwesenden so begeistert, daß sie bald meine Botschafter in ihren Städten wurden, und beim nächsten Besuch waren dann über fünfzig Leute da. Und von der dritten oder vierten Lesung an waren die Veranstaltungen ausverkauft, und das auch, was nicht selten vorkam, bei hohem Eintrittspreis.

Was ich unterwegs erlebte, würde Bücher füllen. Merkwürdigerweise gehören die komischen Erlebnisse nur der Zeit an, in der ich noch unbekannt war. Später, als ich bekannter wurde und immer noch als Junggeselle herumreiste, beschränkten sich die exotischen Erlebnisse auf kuriose Liebesabenteuer. Weg waren die bösen Überraschungen und die Unsicherheit. Man wurde wie ein König empfangen, und die Buchhändler sorgten für einen reibungslosen Ablauf.

Das war am Anfang nicht so. Manche Niederlagen waren so verheerend, daß ich sie nicht vergessen kann. So wurde ich eines Tages gebeten, eine Lesung mit sechs ausländischen Autoren in Frankfurt zu moderieren. Die Massen strömten ins Haus zu irgendeiner italienischen Folklore, an die zweitausend Leute, wir dagegen saßen im Keller drei Zuhörern gegenüber, einer Frau und zwei Männern, die gekommen waren, um einige der Dichter privat zu treffen, und sie wollten im Lesungsraum auf sie warten, da es draußen kalt war. Zwei Autorinnen und vier Autoren waren aus weit entfernten Orten gekommen, um ihre Gedichte vorzutragen.

Der Abend wurde zu einer Blamage.

Doch wenige Zuhörer ergeben nicht automatisch eine schlechte Lesung. Zu einer Lesung in einer kleinen hessischen Stadt waren eines Abends nur acht Zuhörerinnen gekommen. Der Buchhändler hatte nicht viel Geld. Er bot mir an, bei ihm zu übernachten. Die acht Zuhörerinnen waren eine schöner als die andere, und ich hatte Mühe, dem roten Faden meiner Geschichte bei so vielen ablenkenden Augen noch zu folgen. Ich hatte das Gefühl, es seien Feen, die bei mir hereinschauten, deshalb änderte ich mein Programm und erzählte Geschichten von schönen Märchenfeen und Frauen, und das herzliche Lachen des kleinen Auditoriums füllte mindestens dreihundert Plätze in meinem Herzen. Ich war zufriedener als bei manchem großen Auftritt, bei dem mehrere hundert Zuhörerinnen und Zuhörer so steif dasaßen, als erzählte ich nicht orientalische Geschichten, sondern von Nebenwirkungen der Antibiotika.

Ich fuhr nach der Lesung also zufrieden und beschwingt mit dem Buchhändler nach Hause. Er war sehr enttäuscht und bemühte sich wie viele Deutsche, seine Gefühle zu unterdrücken. Erst spät in der Nacht, nachdem seine Frau und Kinder schlafen gegangen waren und wir bereits den siebten Wein hinter uns hatten, schimpfte er auf Presse und Kunden, die ihn so schmählich im Stich gelassen hätten, daß er sich vor mir schämen müsse. Ich beruhigte ihn, und langsam konnte er wieder herzlich lachen.

Plötzlich sagte der Mann, er gehe nun vorm Schlafen mit

dem Hund noch eine Runde spazieren. Ich war todmüde, verabschiedete mich von ihm und ging in das Gästezimmer. Anfängerproblem: Man vergißt aus Schüchternheit zu fragen, wo die Toilette ist.

Mitten in der Nacht wachte ich auf. Wir hatten Unmengen Wein und Wasser getrunken. Ich öffnete leise die Tür in der Hoffnung, allein die Toilette zu finden. Das Licht brannte noch. Plötzlich richtete sich ein Ungeheuer am Ende des Korridors auf und rannte auf mich zu. Ich sprang zurück und schlug die Tür zu. Es war eine riesengroße schwarze Dogge, und nun hockte sie vor meiner Tür. Immer wenn ich die Tür einen Spalt aufmachte, knurrte das Monster. Ich rief verzweifelt: »Hallo, kann jemand den Hund zurückhalten?«

Es war bereits nach drei Uhr.

»Hallo«, rief ich immer lauter, weil meine Blase zu platzen drohte, und ich schwöre bei allen Heiligen, hätte mein Zimmer ein Fenster gehabt, so hätte ich meine Blase über den Köpfen später Passanten entleert.

Beim dritten oder vierten Ruf fing der Hund fürchterlich an zu bellen und weckte den Buchhändler, der mir verlegen die Toilette am Ende des Korridors zeigte und den Hund irgendwo einsperrte.

Wie gesagt, die Besucherzahl war am Anfang bescheiden, aber nach drei, vier Jahren verwandelte sich der Erfolg von einer Tages- in eine Dauerfahrkarte, denn mein Ruf eilte mir voraus. Im Buchhandel gibt es nämlich ein besseres Nachrichtensystem als beim deutschen Geheimdienst. Nicht selten fuhren Mitarbeiterinnen einer Buchhandlung hundert Kilometer weit, zahlten Eintritt und hörten sich die Geschichte an, die ich bei ihnen ein paar Tage oder Wochen später erzählen sollte.

Mein Erfolgsprinzip war einfach: immer weiter lernen und nie vergessen, daß Buchhändler und Publikum mir Zeit von ihrem Leben schenkten.

Dazu kommt, daß Erzählen in der Fremde eine Passion

ist. Es ist die Passion der Scheherazade vor dem Schwert des Königs. Solange sie erzählte, blieb sie am Leben. Schweigen bedeutete den Tod. Erzählend fühlte ich die Wärme, die Gastfreundschaft der Ohren, und Abend für Abend verwandelten meine Worte erwachsene Menschen in lauschende Kinder.

Deutschland ist ein wundervolles Land, und hätte es etwas mehr Sonne, so wäre es das Paradies auf Erden. Doch wenn man das Land vor Deutschen lobt, werden sie rot vor Verlegenheit. Ich hatte als Student nie Zeit und Geld für Reisen, und daher lernte ich Deutschland durch meine Tourneen so intensiv kennen, daß ich das Land bald besser als viele Deutsche kannte. Aber Reisen ist bei aller Belastung auch ein Abenteuer. Am Anfang, als ich noch jung war, ließ ich mich auf jedes Abenteuer ein. Doch die geselligen, erotischen, geistigen und abenteuerlichen Begegnungen waren Oasen in einer Wüste der Einsamkeit. Wie oft erlebte ich eine verregnete Nacht allein auf der Straße, die Lesung und der Beifall lagen nicht einmal eine Stunde zurück, und ich streifte einsam durch die Fremde. Zuviel Verehrung hindert das Publikum häufig, mit dem Gast Kontakt aufzunehmen. Der arme Teufel aber langweilt sich dann auf irgendeinem Empfang oder hockt am Ende der Nacht in einer Ecke seines Hotelzimmers und liest, sieht fern.

Oft war mein Herz eine Wüste, ein nächtlicher Himmel ohne Mond und Sterne.

Wie oft stand ich an der Tür eines Lesesaals, draußen regnete es, die Traube der Zuhörerinnen löste sich in der Dunkelheit auf, und der Buchhändler ließ mich für einen Augenblick allein, um die Bücherkartons in seinem Wagen zu verstauen. In der Ferne hörte ich den Anlasser eines Autos, und ein Lachen wurde von der Kurve verschluckt. Paare gingen Hand in Hand davon, und die Schöne, die sich mir die ganze Zeit gewidmet hatte, wurde von ihrem Ehemann am Eingang abgeholt. Schnell drückte sie mir die Hand:

»Ich rufe dich an«, flüsterte sie und stieg in einen schweren Wagen. Ich hätte ihr viele Zitate von Woody Allen nachschicken können, aber was hätte es gebracht?

Einmal bin ich in einem Hotel der Unterwelt gelandet. Die Leiterin der Volkshochschule setzte mich vor der Tür ab. Sie hatte mit der Reservierung nichts zu tun. Das hatte die Bibliothekarin per Telefon erledigt. Es waren Gestalten aus der Hölle, die mich empfingen. Ich wäre am liebsten sofort abgereist, aber es war eiskalt und neblig, und mein Haus stand 350 km von diesem Kaff entfernt. Ich lag in meinen Kleidern wach auf dem Bett und hörte wider Willen einer Auseinandersetzung nach der anderen zu. Eine Schlägerei brach auf dem Gang aus, und als ich die Tür öffnete, war der Bar- und Hotelbesitzer, ein direkter Abkömmling der Gorillas, gerade mit einem zahlungsunfähigen Freier unter dem Arm auf dem Weg zur Tür. Er lächelte mich verlegen an und sagte fast zärtlich: »Entschuldigen Sie, Herr Doktor. Der Mann muß an die frische Luft.«

Am nächsten Morgen war das Haus still wie die Wüste. Ich wollte mich schnell davonschleichen, die Rechnung war längst bezahlt, aber der Nachfahre der Primaten empfing mich strahlend in seinem leeren Frühstücksraum. Ein solch deftiges Frühstück habe ich sonst nur in Fünf-Sterne-Hotels bekommen. Er saß mir mit seinem Kaffee gegenüber und fing an, mir von seinem Nierenleiden und seiner Schlaflosigkeit zu erzählen. Es dauerte eine Weile, bis ich begriff, daß er mich mit einem Mediziner verwechselte. Ich lachte und erwiderte, daß ich zwar den Doktortitel trage, aber nur in Chemie, ihm also etwas über Reinigungsmittel, Alkoholgehalt oder Farben erzählen könne, aber leider nichts über Nierenleiden.

Er war rührend, beim Abschied machte er mir zwei belegte Brötchen zum Mitnehmen.

Und all diese Abenteuer sollte und wollte ich nun freiwillig aufgeben?

Ja, es mußte sein.

Und es gab noch einen anderen Grund, der mich in meinem Entschluß bestärkte: meine Unfähigkeit, nein zu sagen.

Hätte ich mir die Fähigkeit erworben, bei Anfragen, die mein Limit von fünfzig Vorträgen überschritten, konsequent nein zu sagen, so hätte ich mir meine jetzige Misere erspart.

Mein Nein, dieses faule Ferkel, das sich mit Mühe aus dem Hirn bis zum Mund schleppte, räkelte sich oft auf meiner weichen Zunge und wollte nicht mehr in die Kälte hinaus.

Nun war ich nach so vielen Jahren in einen See der Bewunderung geraten, und die Wellen schlugen immer höher, ich konnte sie kaum noch aushalten. Deshalb erschien mir die Idee der Doppelgänger wie ein Rettungsseil. Mit den Doppelgängern konnte ich alle bedienen. Von den Mitarbeitern würde außer einem guten Gedächtnis und Selbstdisziplin auch wirklich nicht viel verlangt. Dafür würden sie mit bester Bezahlung belohnt. Ja, ich war bereit, so viel in ihre Schulung zu investieren und so großzügig wie möglich zu sein, daß sie sich bei ihrer Arbeit nicht nur wohl fühlen, sondern immer besser werden sollten. Und auch wenn ich am Ende dabei nichts verdienen würde, so hätte ich doch einen unendlichen Gewinn, der von keinem Finanzamt verringert werden kann: die Sympathie meiner Leserschaft.

Bis heute werde ich jene Nacht in dem Karlsruher Hotel nicht vergessen. Als ich dort ankam, war ich völlig nüchtern. Als hätte ich nicht mindestens anderthalb Liter Wein getrunken. Ich war aufgedreht und konnte lange nicht schlafen. Ich setzte mich hin und schrieb auf, wie ich alles organisieren würde. Dieses Heft mit dem Titel *Doppelgänger* besitze ich noch heute. Es liegt jetzt vor mir. Auf der ersten Seite steht:

Doppelgänger aussuchen, die mir so ähnlich wie möglich sehen.

Aufteilen der Bundesrepublik, Österreichs und der Schweiz in Reisegebiete.

Harte Schulung der Kandidaten und nur die besten unter ihnen nehmen.

Alles selbst zentral verwalten. Ich muß mich mit allen technischen Möglichkeiten (Computer, Telefax, Handy) ausrüsten, so daß die Kommunikation vom Büro aus zu jeder Zeit funktioniert und ich immer genauestens die Kontrolle über die Finanzen habe. Von Steuerberater und Anwalt einen Vertrag ausfertigen lassen, der mich schützt.

Keine Halbheiten akzeptieren und lieber mit wenigen perfekten Doppelgängern als mit vielen Dilettanten arbeiten. Sie müssen nicht nur perfekt arbeiten, sondern auch eine gute Erinnerung hinterlassen. Dafür werden sie majestätisch bezahlt und dürfen den schönsten Beruf ausüben, den man sich vorstellen kann. Alles korrekt gegenüber dem Finanzamt halten. Hier wäre eine Nachlässigkeit ärgerlich.

Mache dir selber alles klar und überwinde deine eigenen Hemmungen. Die Männer, die dich spielen, sind Spiegelbilder, die du ganz genau dirigieren mußt. Du mußt ihnen klarmachen, daß ihnen das Geld nicht geschenkt wird. Eine einzige Schweinerei gegenüber einem Buchhändler oder dem Publikum und er fliegt raus. Du mußt begreifen, daß Laschheit tödlich für deinen Ruf ist.

Vom Schrecken eines Essens mit sieben Spiegeln

Als ich Karlsruhe am nächsten Tag verließ, hatte ich das Heft mit Notizen über Auswahl, Schulung und Reiserouten der Doppelgänger gefüllt. Einen Tag später formulierte ich eine Annonce, die in derselben Woche in mehreren Zeitungen erschien:

Ausländische Mitarbeiter gesucht.

Größe 185–190 cm. Voraussetzung: vollkommene Beherrschung der deutschen Sprache. Aufgabenbereich: Schauspiel. Beste Bezahlung. Bewerbungen mit Fotos (Farbfotos erwünscht) an den Verlag. Chiffre: C23061946/M37.

Alles hatte ich erwartet, aber nicht diese Lawine von Bewerbungen. Und schon gar nicht, daß Gerhards Prophezeiung voll ins Schwarze treffen sollte. Jeder zweite sah auf dem Foto wie ein Zwilling von mir aus. In der Realität war die Quote ernüchternder, aber die Ähnlichkeit blieb immerhin bei jedem vierten deutlich. Und die zehn Kandidaten, die nach einer harten Prüfung über Sprache, Gedächtnis, Charme und Benehmen das Rennen machten, waren mir so ähnlich wie ein Ei dem anderen.

Die größte Überraschung aber war für mich, daß einer der Doppelgänger Rafik Schami hieß. Er sah mir wie die anderen auch sehr ähnlich, aber Welten trennten uns. Er stammte aus einer großen herrschaftlichen muslimischen Familie in Damaskus, deren Mitglieder seit dem Mittelalter zwischen Herrschaft und Gefängnis hin und her wanderten. Sein Vater saß in den fünfziger Jahren fünf Jahre im Gefängnis, war dann in den Sechzigern Finanzminister, und nach einem großen Bestechungsskandal (dem Einkauf von französischen Passagierflugzeugen, die Syrien nicht brauchte) flüchtete er nach Frankreich und handelte von nun an im großen Stil mit Waffen. Er verdiente astronomische Summen und machte sich überall Feinde, doch er entkam wie durch ein Wunder all seinen Häschern, bis er der italienischen Mafia in die Quere kam. Dann verschwand er auf Nimmerwiedersehen.

Mein Doppelgänger vermutete, sie hätten seinen Vater gegen hohe Bezahlung an seine Feinde in Arabien ausgeliefert. Dieser Rafik hatte eine besondere Schwäche dafür, jeden Todesfall in seiner Familie als Martyrium zu verkaufen, an dem mindestens drei Staaten beteiligt waren. Auch das trennte uns. Alle meine Vorfahren waren Handwerker, die nie mit Politik oder Machthabern zu tun hatten und fast alle an Altersschwäche gestorben waren.

So kurios die Gleichheit der Namen auch war, so sagt sie doch nicht viel. Scham ist ein Kosename der Stadt Damaskus und bezeichnete zugleich früher ganz Syrien. Schami bedeutet nichts anderes als Damaszener, der Bewohner der Hauptstadt. Viele arabische Familien tragen diesen Namen, auch ohne miteinander verwandt zu sein. Schamis gibt es unter den Christen, Juden, Muslimen, Drusen, Yeziden und Baha'i. Den Namen tragen Ägypter, Libanesen, Israelis und Palästinenser genauso wie Jemeniten, Saudis und Iraker, weil irgendein Vorfahre aus Damaskus oder aus Syrien stammte und in seiner neuen Heimat den Beinamen Damaszener (oder allgemeiner: Syrer) annahm. Ich habe dieses Pseudonym damals im Untergrund auch deshalb gewählt, weil ich hoffte, mir damit meine Feinde etwas länger vom Hals zu halten. Im Grunde habe ich 1966 bei der Wahl dieses Namens, der heute unzertrennlich mit mir verbunden ist, weder Adel noch Klang beachtet, allein meine Sicherheit spielte die entscheidende Rolle.

Rafik bedeutet Freund, Kamerad, Genosse. Und da ich als Damaszener lebte, war der Name Rafik Schami, der Damaszener Freund, mir sehr angenehm. Mein Glück war es, daß er in Deutschland auch gut aussprechbar ist.

In der Bundesrepublik traf ich viele Schamis, sie hatten aber alle andere Vornamen, von Muhammad bis Elias. Dieser Doppelgänger aber war der erste, dessen Vorname mit meinem identisch war.

Ich sagte ihm gleich, daß ich in Wahrheit nicht Rafik Schami, sondern Suheil Fadél hieße und in Damaskus geboren sei, doch meine Eltern aus dem Bergdorf Malula stammten. Trotz aller Berühmtheit von Malula und seinem Arbeitgeber fühlte sich mein Doppelgänger mir allein durch seine Herkunft aus einer vornehmen städtischen Familie überlegen. Das ist zwar in Arabien nichts Neues, aber in der Fremde wirkt das besonders absurd.

»Dann haben Sie die ganze Zeit meinen Doppelgänger gespielt«, sagte er auf deutsch, und die anderen Doppelgänger lachten, aber ich roch die Arroganz in diesem Satz. Er klang so, als beleidige meine Wahl seine Familie.

Natürlich blitzte in diesem Augenblick auch der Gedanke in meinem Kopf auf, daß ich diesen Mann am besten nach Hause schicken sollte, doch ich hatte bereits erkannt, daß uns nur Name und Aussehen gemeinsam waren, ansonsten waren wir so verwandt wie Feuer und Wasser, und es reizte mich, den Gegensatz so nahe zu erleben.

Von diesem Augenblick an ignorierte ich seine Arroganz in der ruhigen Überzeugung, daß ich letzten Endes sein Brötchengeber war. Aber diese Überzeugung war, wie sich noch herausstellen sollte, eine blinde Flucht nach vorne.

Es war ohnehin das erste Mal in meinem Leben, daß ich die Erfahrung machte, mit Doppelgängern von mir zusammenzusitzen. Nicht selten befiel mich während der Schulung schweißtreibende Angst. Es ist unangenehm, vor sieben räumlichen Spiegeln einen Vortrag zu halten. Es wird einem schwindlig, und so erging es mir jedesmal, wenn ich mich mit all meinen Doppelgängern auf einmal traf. Aßen wir zusammen oder tranken Kaffee oder Wein, so sah ich meine Tätigkeiten in einzelne Phasen aufgeteilt, wie eine Zeitlupenstudie.

Auch die Stimmen meiner Doppelgänger paßten sich meiner an und kamen mir wie Echos meiner eigenen vor.

Ging einer auf einem Korridor vor mir her, so sah ich mich von hinten, kam ein anderer auf mich zu, war das so etwas wie eine virtuell perfekte Imitation meiner Person, nur mit dem Unterschied, daß bei einem Zusammenstoß diese Person weder auseinanderfiel noch ich durch sie hindurchgehen konnte.

Für unser erstes Treffen mietete ich ein kleines Hotel in der Nachbarschaft meines Wohnorts. Wir waren allein im Haus, und ich wies meine Mitarbeiter für die Zeit der Schulung an, nur einzeln das Haus zu verlassen oder in der Stadt einkaufen zu gehen.

Eines Morgens hörte ich meine Nachbarin ihrem schwerhörigen Mann laut erzählen, sie habe mich im Café gesehen, und ich hätte durch sie hindurchgesehen, was sie fürchten ließ, ich sei aus irgendeinem Grund beleidigt. Ihr Mann beruhigte sie, Schriftsteller seien oft zerstreut und in einer anderen Welt.

Das hat mich beruhigt. Es war eine Nachbarin, die ich seit über zehn Jahren kenne, und wenn sie den Unterschied nicht bemerkte, dann war die Ähnlichkeit frappierend. Doch bald befiel mich kalter Zweifel, und eine innere Stimme mahnte mich: »Aber seit wann schauen in Deutschland die Nachbarn einander an?«

Von den zehn Kandidaten verließen drei bereits in der ersten Woche die Schulung, ihre Nerven machten nicht mit. Der eine (ein Franzose aus Sinsheim) bekam dauernd Kopfschmerzen und Durchfall, der zweite (ein Argentinier aus Hamburg) drehte fast durch. Er fing an, sich vor uns aufzupflanzen und sich demonstrativ zu kämmen. Erst hielten wir das für einen Scherz, aber sein Blick war irre. Der dritte (ein sehr charmanter Ägypter aus Reutlingen) begann beim Anblick der Doppelgänger zu stottern, und kein Mensch verstand ihn mehr. So blieb ein harter Kern aus sieben Doppelgängern übrig.

Fünf Tage lang beschränkte sich die Schulung auf Textwiedergabe der verschiedenen Schwierigkeitsgrade. Die

Doppelgänger machten brav mit, ohne nach dem Sinn zu fragen. Ich erklärte den Kandidaten meine geheimen Tricks, um einen Text von mehreren hundert Seiten im Gedächtnis zu behalten. Es war nicht einfach für sie. Ich habe seit meiner frühen Jugend gelernt, mein Gedächtnis zu trainieren, und ich kann wirklich jeden meiner Texte zu jeder Zeit erzählen. Aber auch die Doppelgänger machten Fortschritte. Nach mehreren Tagen schon konnten sie einen Text von mehr als zehn Seiten zufriedenstellend wiedergeben. Alles andere war nur eine Frage der Zeit.

Und dann erschrak ich eines Morgens, als ich feststellte, daß alle sieben keine Ahnung hatten, was eine Buchhandlung ist. Drei von ihnen waren schon oft in Buchhandlungen gewesen, aber mir schien es, als wären sie mit verbundenen Augen innerhalb der ersten drei Quadratmeter stehengeblieben. Sie nannten das Buch, das sie suchten, bekamen es, zahlten, gingen hinaus und nahmen die Binde ab.

Die anderen vier hatten in den letzten zwanzig Jahren nur vier- oder fünfmal eine Buchhandlung betreten.

War das die Möglichkeit? Wo lebten sie denn? Wie kann man leben, ohne ständig Gast in einer Buchhandlung zu sein? Für mich unvorstellbar. Für sie selbstverständlich. Ich war entsetzt, verbarg es aber sorgfältig und hielt ihnen einen langen, begeisterten Vortrag über ein geheimnisvolles Haus namens »Buchhandlung«. Am besten kam die Szene an, mit der ich ihnen zeigen wollte, weshalb Buchhändler für mich die besten Erzähler sind. Ich spielte mit zwei Stimmen die tägliche Situation zwischen Kunde und Buchhändler nach. Der Kunde wünscht ein Geschenk für seinen Enkel und möchte vom Buchhändler wissen, was in den betreffenden Büchern steht. Herrliche Szene, reif für ein Kabarett. Wie kann man die »Buddenbrooks« oder den »Wilhelm Meister« in drei Sätzen zusammenfassen? Nur Genies sind dazu in der Lage.

Meine Doppelgänger baten mich darum, sofort Buchhandlungen aufsuchen zu dürfen, so begeistert waren sie plötzlich. Und so teilten wir uns in vier Gruppen auf, je zwei Doppelgänger, von denen jeweils einer bereits mit Buchhandlungen Erfahrung hatte. Wir fuhren am nächsten Tag zu vier Läden in vier Städten der unmittelbaren Umgebung. Ich nahm den Iraner Aladin Ido mit nach Worms in eine Buchhandlung, die ich gut kannte. Gott sei Dank waren weder der Inhaber noch seine Frau im Laden. Die Buchhändlerin erkannte mich jedoch und schaute meinen Doppelgänger erstaunt an. »Mein Zwillingsbruder«, sagte ich, »ein Germanist aus Damaskus, der in Mainz den Germanistenkongreß besucht.«

»Ach so«, sagte die Frau und ging wieder ihrer Arbeit nach.

Vier Stunden dauerte der Ausflug, und meine Doppelgänger waren glückselig. Wie Kinder schwärmten sie von der Schönheit einer Buchhandlung und welche Schätze sie berge. Gino Bianco, der Doppelgänger aus Italien, schwärmte, eine Buchhandlung käme einer Kathedrale gleich, einer Kathedrale des Wissens. Typisch italienisch! Denn natürlich ist eine Buchhandlung eine Warenhandlung, doch eine mit Charme und Geheimnissen. Ein Lebensmittelladen hat leider meist keine Geheimnisse mehr. Jedes Buch dagegen hat sein eigenes Geheimnis, und seine Gattungsbezeichnung Buch verrät noch lange nicht, was auf einen Leser wartet. Die Buchdeckel sind keine Deckel, sondern Fenster, die den Blick auf eine Welt öffnen, die nur das eine Buch zeigt, und so marschieren Welten, Maschinen, Tiere, Feen und die Größen der Welt bescheiden und leise durch die kleinen Regale und betteln um Berührung, denn erst die Berührung erweckt sie zum Leben. Und das ist im Grunde das größte Geheimnis der Buchhandlung. Sie ist ein Ort, in dem die Grenze zwischen Leben und Tod aufgehoben wird. Ein Dinosaurier ist genauso lebendig wie ein Politiker, der gerade ein Buch über seine Fehltritte veröffentlicht hat. Ein Löwe in Afrika ist uns so nah wie eine griechische Göttin.

Meine Doppelgänger waren nach diesem Ausflug wie verändert und versprachen, nun so oft wie möglich Buchläden zu besuchen. Jeder von ihnen hatte mir ein Buch mitgebracht. Schadi Malas, der Doppelgänger aus Berlin, schenkte mir ein Buch über Dinosaurier. »Die Farben sind so schön«, sagte er unschuldig wie ein Kind.

Das war einer der lustigsten Tage der Schulung. Die anderen verliefen zäh und verlangten Geduld von mir und meinen Doppelgängern. Und immer wieder plagte mich die Frage, ob man das Erzählen lernen kann. Früher lautete meine Antwort mit Stolz: Warum nicht? Heute weiß ich es besser. Man kann die Eigenart eines anderen nicht lernen, man kann sie aber nachahmen, denn im Vergleich zum Menschen ist ein Papagei ein krächzender Stümper.

Die Schulung sollte einen Monat dauern, sechs Tage die Woche je zwölf Stunden. Nur der Sonntag war frei, und alle meine Doppelgänger fuhren dann heim. Ich erinnere mich heute noch daran, wie ich selbst den ganzen Tag nur geschlafen, gebadet und Fernsehfilme angeschaut habe.

Als sie am ersten Montag zurückkamen, bemerkte ich mit Schrecken ihre Vergeßlichkeit. Und das wiederholte sich an jedem Montag. Sie kamen mir nach jedem Wochenende vollkommen fremd vor. Als hätten sie am Sonntag eine Gehirnwäsche durchlitten. Ihr Gedächtnis, ihre Aussprache, ihre angelernte Mimik, alles war weg, und ich fing mit ihnen geduldig wieder von vorne an. Rühmliche Ausnahmen waren zwei Araber. Sie hatten mich mit Haut und Haaren in ihr Gedächtnis gepackt, und dort war ich geblieben. Sie sprachen – vor allem wenn ich müde war – manchmal »echter« als ich selber. Man erzählt, daß sich Charlie Chaplin einst aus Jux in einen Wettbewerb zur Auswahl des besten Imitators des Tramps eingeschlichen habe. Es waren dreißig Bewerber. Er wurde Dritter.

Bis zum Anfang der zweiten Woche wußten die Doppelgänger nicht genau, welche Arbeit sie erwartete. Es hatte in der Anzeige ja nur vage »Schauspiel« geheißen. Alle Textübungen und die Erfahrung beim Erzählen, ja die ganze Sache mit den Buchhandlungen hielten einige von ihnen für eine Täuschung, für ein Ablenken von der brisanten Aufgabe, die ihnen bevorstand. Nur einer kannte bereits meine Bücher, und dieser eine, der Iraner Aladin Ido (später Doppelgänger R4), ahnte bereits etwas und lächelte merkwürdig in sich hinein, wenn die anderen vor Ungeduld fast platzten. Ihre Vermutungen schwankten – wie ich später hörte – zwischen Filmrollen, Guru einer neuen Sekte und gefährlicher Mission im Orient. Doch alle machten willig mit und waren zwischendurch auch wirklich so eifrig.

Nun aber war es soweit. Ich übte mit ihnen die Bewältigung der Schwierigkeitsgrade in einem vollbesetzten Saal. Angefangen mit der schlechten Akustik bis zur Störung durch Randalierer, gähnende oder auf andere Weise störende Zuhörer. Auch über die innere Stärke, die ein Erzähler braucht, wenn er plötzlich seine ehemalige Frau / Freundin / Geliebte mit ihrem neuen Lebensgefährten unter den Zuschauern entdeckt und das Paar sich womöglich schmusend amüsiert, mußten wir sprechen. Das hat mein Kollege J. B. aushalten müssen. Ich habe in einer hessischen Stadt noch Schlimmeres überstehen müssen. Der syrische Spitzel, der mich und andere syrische Emigranten angezeigt hatte, saß eines Tages mit seiner Frau in der ersten Reihe vor mir und grinste mich an. Was sollte ich da machen? Das Publikum, an die vierhundert Leute, ahnte nichts. Immerhin war er daran schuld, daß ich beinahe im Gefängnis gelandet wäre, aber das ist eine andere Geschichte.

Als meine Doppelgänger angesichts der bevorstehenden Schwierigkeiten bedrückt aus der Wäsche schauten, wollte ich sie etwas aufheitern und erzählte ihnen von einer Situation, bei der ein Autor weniger Nerven als vielmehr Humor besitzen muß. Ein Zuhörer steht in der Schlange und wartet, bis er an der Reihe ist. Etwa fünfzig Leute wollen ihre Bücher signieren lassen. Ich bin wie ein Automat und schreibe immer wieder meinen Namen, daß meine Hand nur so flattert. Endlich ist der Mann dran und streckt mir einen Krimi von Edgar Wallace entgegen. Als ich den Mann höflich darauf aufmerksam mache, daß ich nicht der Autor dieses Buches sei und es deshalb nicht signieren könne, ist er zunächst empört.

»Warum nicht? Das ist auch ein Buch«, stellt er sich dumm.

»Sicher, aber ich signiere aus reiner Gewohnheit nur meine eignen Bücher«, scherze ich weiter. Der Mann lacht. »Aber dieses hier ist billiger«, sagt er und geht kichernd davon.

Mehrere solcher Fälle erzählte ich, und die Doppelgänger waren vergnügt. Danach stand um halb zehn die Kaffeepause auf dem Programm. Nun mußte ich sie einweihen.

»Sie werden«, begann ich, »als meine Doppelgänger meine Romane, Märchen und Geschichten vor Publikum frei vortragen.« Kein Reaktion. Ich hatte Protest der Enttäuschung oder Jubel der Freude erwartet. Nichts davon passierte. Absolute Stille! Nur das Geräusch der Kaffeelöffel, die etwas länger in den Tassen rührten, ließ erkennen, daß im geräumigen Konferenzraum des Hotels acht Personen saßen.

»Ja, dann tragen wir Texte vor«, sagte Salman Attabil. Der beleibte Mann (später R3) lebte in Köln, sein Vater war Türke, seine Mutter Araberin. Er sprach neben Deutsch auch Türkisch und Arabisch.

»Ihr habt das Zeug dazu«, nahm ich erneut den Faden auf, »und ihr werdet große Freude an dieser Tätigkeit haben, doch um die Zeit nicht mit Schönfärberei zu vergeuden, muß ich euch eröffnen, daß diese Arbeit zwar notwendig, aber moralisch nicht ganz einwandfrei ist. Denn ihr müßt mich vor Publikum spielen. Das ist allerdings das einzig Unmoralische. Was ihr aufführen werdet, ist ein Schauspiel, ein Ein-Mann-Theater, mit Text und Maske. Eure tägliche Rolle heißt: Rafik Schami.«

»Ich spiele diese Rolle seit meiner Geburt«, witzelte der Syrer.

»Sie haben gar nichts gespielt«, herrschte ich ihn an, »Sie tragen unfreiwillig einen Namen, aber bei Ihnen hat er keinen Inhalt. Das, was die Leute auf der ganzen Welt mit dem Namen Rafik Schami verbinden, ist nicht durch Ihre heilige Geburt, sondern durch meine jahrzehntelange Arbeit entstanden«, fuhr ich den Doppelgänger wütend an und dachte daran, ihn augenblicklich hinauszuwerfen. Er entschuldigte sich jedoch sofort äußerst höflich, ja fast untertänig.

»Bereits heute«, fuhr ich fort, »liegen bei mir für die Zeit von September bis zu nächsten März achthundert Anfragen für Lesungen vor.«

Aladin Ido pfiff durch die Zähne. »Achthundert?« fragte er verwundert.

»Ja, davon sind mindestens siebenhundertfünfzig dringend zu erledigen, weil es bereits wiederholte Anfragen sind. Und das kann kein Mensch allein erledigen. Ihr aber werdet eure Aufgabe leicht erfüllen können, und alle Beteiligten werden glücklich sein.«

»Und wieviel Urlaub haben wir im Jahr?« fragte mein Doppelgänger Rafik Schami.

»Drei Monate im Jahr habt ihr frei.«

»Ist das nicht zuwenig, hundert Termine in neun Monaten für jeden von uns?« fragte Gino Bianco.

»Die Termine werden jetzt von September bis März vereinbart. Wir werden sehen, wie ihr damit fertig werdet. Macht es euch Spaß, vereinbaren wir weitere Termine für den Frühsommer und planen weitere für später im Jahr, denn das ist das Geheimnis des Erzählens: Erfolgreiche Lesungen befriedigen eine Anfrage und gebären zwei weitere.

Für jeden Auftritt bekommt ihr dreihundert Mark auf die Hand, legal und mit Steuerkarte, Schwarzarbeit gibt es in unserem Beruf nicht, weil Buchhändler und Bibliotheken die Honorare, die sie uns zahlen, als Kosten deklarieren. Ihr werdet in den besten Hotels untergebracht und reichlich bewirtet und verwöhnt, habt also keine Ausgaben. Auch die Fahrtkosten werden vom Veranstalter übernommen. Ihr habt die Sympathie des Publikums, das zu siebzig Prozent aus Frauen mit Phantasie besteht.«

»Oh, meine Seele«, rief Aladin Ido, »Sie haben mich bereits als Mitarbeiter gewonnen. Siebzig ... Prozent ... Frauen«, die letzten Worte ließ er sich auf der Zunge zergehen.

»Was ihr für Abenteuer erlebt«, lachte ich, »ist euch überlassen, aber im Vertrag steht, daß ihr alle Folgen eures Handelns selbst verantwortet, sprich: Schwangerschaft, Betrug, Schulden etc.

In den Vertragsformularen, die die Buchhändler bekommen, ist vermerkt, daß Barzahlungen grundsätzlich untersagt sind. Abgerechnet wird allein mit mir. Das reduziert das Durcheinander. Eine dynamische Prämie für den Bücherverkauf steht euch obendrein zu, denn je besser ihr an einem Abend seid, um so mehr Bücher kaufen die Zuhörer. Hierüber müßt ihr mir keinen Bericht erstatten, ich bekomme von meinen Verlagen wöchentlich die neuesten Zahlen für die jeweilige Stadt, und pro verkauftem gebundenem Buch gibt es fünfzig und pro Taschenbuch zehn Pfennige für euch. Schullesungen werden mit je fünfzig Mark vergütet, aber da könnt ihr mehrere am Vormittag verkraften, euch über Mittag im Hotel ausruhen und abends den Vortrag vor Erwachsenen halten. Ich habe bis zu vier Lesungen an einem Tag geschafft.

Der Vertrag mit jedem von euch ist für beide Beteiligten gerecht. Zum Ende einer Saison kann er ohne Begründung von beiden Seiten gekündigt werden.

Die Herbsttournee beginnt Anfang September und endet Anfang Dezember, die Wintertournee fängt Anfang Januar an und geht bis Ende März, die Frühjahrs-/Sommertournee fängt Anfang April an und endet Ende Juni. Neben den Feiertagen, an denen keine Lesung stattfinden, habt ihr von Anfang Juli bis Anfang September frei, da im Sommer kaum Lesungen veranstaltet werden.

Wie ihr seht, habt ihr ca. drei Monate Ferien im Jahr, deshalb kann man auch die Zähne zusammenbeißen, wenn es in den anderen neun Monaten hart wird. Seid ihr unterwegs müde oder verzweifelt, denkt bitte an den langen Sommerurlaub. Kommen Anfragen nach Lesungen, so sollen sie schriftlich an mich gerichtet werden. Privatlesungen lehnt ihr grundsätzlich ab.«

»Was sind Privatlesungen?« wollte Schadi Malas wissen.

»Das sind von Privatpersonen bestellte Unterhaltungsabende anläßlich der Eröffnung eines Restaurants, Teppichgeschäfts, Tanzlokals oder des Geburtstags eines Freundes, einer Ehefrau und so weiter.«

»Aber das ist doch dumm, wenn ich bemerken darf«, meldete sich Rafik Schami, »denn da ist doch das Geschäft zu machen, da könnte man ...«

»Lesungen finden in Buchhandlungen, Bibliotheken, Kulturzentren und Schulen statt und sonst nirgends«, unterbrach ich ihn, »jedes Jahr treffen wir uns zweimal, am Ende der ersten Reise und zu Anfang der nächsten Reise, und dann besprechen wir eure unterschiedlichen Erfahrungen, damit ihr voneinander lernen könnt. Die Tagung dauert jeweils drei Tage. Für die Tagung zahle ich keine Honorare, aber ihr bekommt die Fahrtkosten zurückerstattet. Übernachtung und Essen sind kostenlos. Die Tagung ist in eurem Interesse. Ich kann euch nur als Supervisor begleiten. Aber macht es wie ich, entlastet euer Gedächtnis, nehmt ein Heft auf die Tournee mit und tragt in eurem Hotel jeden Tag ein paar Zeilen vor der Lesung und ein paar danach ein. Das ist die beste Methode, mit der ihr immer genau erinnern könnt, wo und wie ihr besonders guten Erfolg gehabt habt und wo und warum eine Niederlage passierte. Bleibt nüchtern, skeptisch und eher selbstkritisch als lobend! Meine Nüchternheit ist, wenn nicht die Mutter, so doch die Hebamme meines Erfolgs gewesen. Jede Nacht habe ich mir im Hotel die Frage gestellt: Wie war ich heute? Und ich beantwortete sie über tausendmal offen und ehrlich vor mir selbst. Meine Hefte möchte ich niemandem zeigen, doch ich könnte mit ihrer Hilfe heute von jeder meiner 1300 Lesungen so berichten, als wäre sie gerade zu Ende gegangen.

Manchmal hat das Publikum gejubelt, alle Bücher waren verkauft und auch geklaut, und nur ich allein wußte, daß ich sehr schlecht gewesen war. Publikum und Buchhändler sind gnädiger als ihr Ruf. Wenn ich grandios war, jubelte das Publikum, und wenn ich mittelmäßig war, ertrug es mich großzügig und wartete auf die nächste Pointe.

Ihr sollt keine Angst haben, das Publikum in den deutschsprachigen Ländern ist äußerst höflich und kann sogar mit geschlossenem Mund gähnen. Natürlich ist das Temperament der Zuhörer verschieden. In Hamburg eher englischer, in München eher italienischer Natur, aber der Unterschied liegt nur in den Nuancen ihrer Reaktion, ansonsten hören die Leute ausgezeichnet zu, Frauen besser als Männer. Die Circusleute sind Franken gegenüber sehr skeptisch, sie fürchten Würzburg und Umgebung als Feuertaufe eines jeden Clowns, weil die Franken im allgemeinen und Würzburger im besonderen angeblich nicht lachen. Das ist ein Vorurteil. Einige meiner besten Lesungen fanden dort statt, und in einem kleinen Ort wie Veitshöchheim war die Bibliothek ein einziges Herz, das mich mit Lachen beglückt hat.«

»Wie viele Lesungen im Jahr kann man als Maximum bewältigen?« fragte Christos Papadopulos.

»Man kann bis zu zweihundert Lesungen im Jahr halten. Ihr sollt im ersten Halbjahr entspannt kennenlernen, was eine Tournee mit sich bringt. Das heißt, jeder von euch übernimmt hundert Lesungen innerhalb von sieben

Monaten, vom 1. September bis 31. März. Wenn ihr das gut macht, dann können wir die Zahl der Veranstaltungen verdoppeln. Von der Zeit her ist es kein Problem, aber ihr müßt überprüfen, ob ihr das nervlich verkraftet.«

»Und was springt für uns am Ende heraus?« fragte Aqil Maisun, ein Araber aus Hannover, als hätte er die Ausführungen vorher verschlafen.

»Alles in allem könnt ihr für jeden Arbeitstag ca. fünfhundert Mark rechnen, und das ist bei Gott nicht schlecht. Im ersten Halbjahr also etwa 50000. Und in dieser Zeit habt ihr praktisch keine Kosten. Denn alle eure Ausgaben werden erstattet.«

»Und dürfen wir beruflich auch anderen Dingen nachgehen?« fragte Aladin Ido, der Perser aus Weimar.

»Selbstverständlich, nur nicht solchen, die euren Reiseterminen im Wege stehen oder die Vorbereitung stören.«

Jener Montag füllte sich bis Mitternacht ohne Unterbrechung mit Detailfragen, denn auch beim Essen konnten meine Doppelgänger ihre Neugier nicht zügeln. Schließlich waren sie alle begeistert und wollten am liebsten gleich losfahren. Aber es war noch eine Menge Arbeit zu leisten.

Eines war bereits am Ende dieses Abends klar. Sie waren nun keine Kandidaten mehr, sondern meine Ebenbilder, von eins bis sieben numeriert. Das hatte der witzige Aladin Ido vorgeschlagen, ein großes R für Rafiks Doppelgänger, und die Nummer wurde aus der geographischen Lage des Wohngebiets und der Postleitzahl abgeleitet. Und bald sprachen sie sich nicht mehr mit Namen, sondern nur mit ihren neuen Codes an, was dem Gespräch den Anschein eines Agententreffens verlieh. Deshalb schlug R7 vor, ich sollte die Nummer 007 bekommen. Die anderen fanden das lustig, doch ich lehnte ab.

Sie nahmen an diesem Tag all meine Bücher mit auf ihre Zimmer, um sich noch intensiver mit meinem Stil vertraut zu machen, so wie sie später meine Betonung der Silben und meine Eigenart, mit den Händen zu erzählen, nachahmten. Die Tricks, mit denen ich müde Zuhörer wiedergewinnen konnte, ohne daß es ihnen peinlich wurde, brachte ich meinen Doppelgängern in dieser Schulung ebenfalls bei.

Da ich nichts dem Zufall überlassen wollte, teilte ich ihnen mit, daß ich sie an ihren Wohnorten zweimal besuchen würde, das erste Mal vor den Sommerferien und das zweite Mal kurz vor dem Start der Tournee im Herbst. Beide Male wollte ich mit jedem einzelnen intensiv arbeiten, ihn aus der Nähe kennenlernen und sein Programm für die erste Reise gründlich mit ihm durchgehen.

»Und am ersten April treffen wir uns hier im ›Lindenhof‹ für drei Tage, um über alles zu sprechen«, sagte ich zum Abschied, und sie trugen diesen Termin in ihre Kalender ein.

Ende Juni fuhr ich dann durch ganz Deutschland. Für jeden Doppelgänger nahm ich mir so viel Zeit, wie er brauchte. Ich quartierte mich außer in Köln immer in einem Hotel ein, und wir trafen uns täglich für mehr als zehn Stunden und gingen alle Fragen noch einmal durch. Dabei lernte ich sie alle bestens kennen. Jetzt konnte ich die Unterschiede ihrer Wesensarten bemerken, die mir in der Gruppe immer nur für Sekunden aufgefallen und durch die Brechungen der vielen Spiegelbilder schnell wieder verschwunden waren.

Und wenn wir, der jeweilige Doppelgänger und ich, uns abends trennten, notierte ich alles über ihn in ein Heft. Die Hefte sollten mir später helfen, meine Mitarbeiter durch die Unterschiede ihrer Interessen, Charaktere und Temperamente auseinanderzuhalten.

Und wenn ich heute die ersten Zeilen in diesen Heften lese, so wundere ich mich über meine Hellsicht und Dummheit zugleich. Die Eintragungen machte ich bei meinem Besuch im Juni und präzisierte sie kurz vor dem Start der Tournee im September, und ich muß sagen, sie wurden später mit vielen Zusatzbemerkungen relativiert oder verstärkt, aber schon in ihrer ursprünglichen Form waren sie treffend genug und schürten meine Skepsis gegenüber dem Unternehmen. Doch damals benebelte ich mein Mißtrauen mit dem Trost, ich hätte eben keine besseren Doppelgänger gefunden und man solle Menschen nicht in Grund und Boden verdammen, nur weil sie einem charakterlich nicht in den Kram paßten. Heute sage ich, ich war dümmer als ein Esel, ich hätte lieber auf meine innere Stimme hören und der ganzen Mannschaft unmittelbar nach diesem ersten Besuch im Juni eine kurze Mitteilung über den endgültigen Abschied geben sollen:

»Sorry, Jungs, nichts für ungut, aber die Sache geht nicht. Jeder von euch braucht mindestens drei Betreuer.«

Ja, ich erinnere mich sogar daran, daß ich eines Nachts aufgewacht bin und diese Zeile geschrieben, aber leider nie abgeschickt habe. Den Zettel klebte ich in mein Tagebuch.

In jener kurzen Zeile liegt der Beweis dafür, daß ich in einem prophetischen Augenblick alles geahnt habe und es doch nicht wahrhaben wollte. Ich hielt mein Mißtrauen für ein Produkt meiner Gefühle und habe irrtümlich geglaubt, daß derjenige, der Erfolg haben will, nur auf seine Ratio hören darf. Und meine Vernunft ließ sich von solch emotionalen Regungen gegen die Doppelgänger nicht beirren, sie folgte meinem Interesse.

Von der Rache einer unbeachtet gebliebenen Vision

Gerade fiel mir ein Zettel in die Hand, eine Notiz über eine Vision, die ich eines Nachts erlebte und jahrelang vergessen hatte.

Ich hatte eine Lesung in Wetzlar. Die Buchhandlung war klein, deshalb fanden die Lesungen in einer Galerie statt. Normalerweise übernachtete ich danach in der Stadt, nicht aber an jenem Abend. Ich mußte in der Nacht noch zurückfahren. Eine Freundin aus Italien kam zu Besuch, die ich eine Ewigkeit nicht mehr gesehen hatte. Sie wollte nur ein paar Tage in Deutschland bleiben und danach nach Amerika fliegen, wo ihr Mann als Bildhauer arbeitete.

Die Lesung war witzig. Ein Mann kam zu spät, stand eine Stunde steif und stumm herum, um danach zu erzählen, er habe gedacht, ein Fest würde gefeiert, weil er die vielen Weinflaschen gesehen hatte, die für den anschließenden Umtrunk vorbereitet waren. Er war ein Obdachloser, der wie ein früh gealterter Professor aussah. Sein gütiges Gesicht, garniert mit Bart und Nickelbrille, seine grauen Haare und seine gepflegte Art zu reden paßten zum Bild eines Gelehrten.

Er trank und klopfte mir auf die Schulter: »Das hast du gut gemacht, Junge: Du erinnerst mich an Hesse«, sagte er.

»Danke, Opa, und du erinnerst mich an Harry Rowohlt«, sagte ich, und wir lachten. Er schaute mich an. »Du bist unruhig«, sagte er und hatte recht. Ich mußte bald losfahren. Die Freundin kam in Mainz um ein Uhr nachts an und sollte am Bahnhof keine Minute warten. Der Mainzer Bahnhof war damals zur späten Stunde nicht gerade einladend.

»Beeil dich, Junge«, sagte der Alte lallend, der den Rotwein nur so in sich hineinkippte. Es kostete ja nichts.

»Wetzlar läßt seine Gäste nicht gerne wegfahren. Ich wollte nur einen Tag bleiben und dann nach Australien auswandern. Aber seit zehn Jahren finde ich den Ausgang nicht.«

Ich trennte mich nur schwer von den freundlichen Menschen, dem warmen Licht und dem guten Tropfen und erlebte vor der Tür einen Schock. Eisige Nacht, die Luft trug schweren Nebel. Ich konnte nichts sehen. Trotzdem fuhr ich los. Es war die reinste Milchsuppe. Nach ein paar Metern sah ich die Markierung nicht mehr. Straßenschilder und Verkehrszeichen erkannte ich erst, wenn es zu spät war. Ich fühlte mich verloren. Immer wieder kehrte ich ungewollt in die Stadt zurück, fuhr an der Galerie vorbei, sah das warme Licht und die Feiernden und ärgerte mich, daß ich die Ausfahrt nicht gefunden hatte. In einer weit entfernten Straße mußte ich plötzlich bremsen. Der stark alkoholisierte Obdachlose markierte einen Blinden und ging mit Stock und Armbinde über die Straße. Er klopfte an meine Stoßstange, grinste und ging weiter. Nach ein paar Metern fing das Auto an zu stottern. Ich fuhr von der Hauptverkehrsstraße ab und hielt in einer Seitengasse. Der Motor streikte. Meine Finger froren fast am Anlasser und an den Zündkerzen fest, doch der Motor spielte toter Mann. Ich zog mich wieder in den Wagen zurück, und bis heute weiß ich nicht, ob es an der Müdigkeit oder am Wein lag, jedenfalls nickte ich ein. Es war kein Schlaf. Es war eher eine Narkose. Mein Kopf wurde plötzlich so schwer, daß ich meine Augenlider nicht mehr bewegen konnte.

Ich sah mich – auf der Bettkante sitzend und in einer Zeitschrift blätternd – in einem Hotelzimmer, mit einem fremden Eindringling streiten, der an mir vorbei ins Bad ging und komplett angezogen in die volle Badewanne steigen wollte. Ich schrie ihn an, warf die Zeitschrift zu Boden und rannte auf den Fremden zu. Sein Gesicht konnte ich lange nicht sehen, weil er eine schwarze Maske trug. Im Kampf warf ich den Mann zu Boden, wobei er mit dem

Hinterkopf auf die Marmorplatten schlug und in Ohnmacht fiel. Ich riß ihm die Maske vom Gesicht. Er war mein Ebenbild. Ich erschrak und wachte auf.

Ich war nun hellwach, aber ich wußte einen Augenblick lang nicht, wo ich war, und wie vom Wahnsinn getrieben drehte ich den Zündschlüssel um. Das Auto startete und fuhr problemlos nach Mainz, wo ich auf die Sekunde genau mit dem Zug ankam. Die Freundin freute sich über alle Maßen, daß ein Termin, vor Monaten vereinbart, so perfekt klappte.

Vom Größenwahn eines Marionettenspielers

In jenem Jahr war ich durch die Vorbereitungen zu diesem größten Auftritt aller Zeiten so erschöpft, daß ich die ersten Tage meines Urlaubs nur geschlafen habe. Welcher Autor wurde in der Geschichte der deutschen Literatur mehr als 740mal innerhalb von sieben Monaten vorgetragen?

Jeder meiner Doppelgänger hatte ein volles Programm, nicht selten zwei Lesungen am Tag. Über Weihnachten hatten sie dafür vierzehn Tage Ferien, und dann rollte die Wintertournee weiter.

Ich konnte mir die Dimensionen des Erfolges kaum noch vorstellen. Bereits vor dem Urlaub meldeten sich viele Buchhändler mit der gleichlautenden Nachricht: Schon einen Tag nach der Ankündigung sei die Vorstellung ausverkauft gewesen und man biete die Karten bereits auf dem Schwarzmarkt an. In Augsburg würden in einer Annonce 100 Mark für eine Eintrittskarte geboten, teilte mir der Buchhändler mit. Die Lesung sollte in einem Planetarium stattfinden. Ich beneidete meinen Doppelgänger R7 um diesen Auftritt.

Bei der Erwähnung dieser Lesung in Augsburg schweifen meine Gedanken in die Vergangenheit zurück. Ich werde eine Lesung in einem Dorf bei Augsburg nicht vergessen. Der Pfarrer hatte mit mir eine Veranstaltung am Nachmittag für Kinder und Eltern vereinbart. Aber ein halbes Jahr später, als die Lesung stattfinden sollte, war der Pfarrer nicht mehr am Ort, und er hatte bei seiner Versetzung, die wohl nach einem Krach erfolgte, vergessen, mich zu benachrichtigen. Am Pfarrhaus fand ich weder ein Plakat noch einen Hinweis auf den vereinbarten Termin. Ich fragte die Hausmeisterin, eine sonderbare fünfzigjährige Frau, aber sie konnte mit dem Wort Lesung überhaupt nichts anfangen. Sie dachte, ich sei eine neue Variante des Bettlers, und betonte immer wieder, daß sie kein Geld geben würde, also erklärte ich ihr geduldig, was ich in dem Dorf wollte.

»Und warum müssen Sie unbedingt bei uns erzählen, wo doch keiner da ist?« fragte sie ernst, womit sie völlig recht hatte.

»Ich muß nicht unbedingt, aber ich habe einen Vertrag mit dem Pfarrer L. A.«, antwortete ich und zeigte ihr das Papier. Sie las jede Zeile langsam und laut und war erst dann sicher, daß ich ihr nichts andrehen wollte.

Also stand sie schwerfällig auf und rief den neuen Pfarrer an. Wo der sich befand und was er machte, war mir nicht klar. Sie kam zurück und sagte, da der Vertrag unterschrieben sei, sollte ich die Lesung machen, aber der Pfarrer könne nicht kommen. Er würde mir dann das Geld überweisen.

»Vertroch isch Vertroch«, nuschelte sie.

Aber wem sollte ich erzählen? Das sei kein Problem, sagte die Frau und eilte hinaus. Ich saß verlassen und unerwünscht in einem Haus am Ende der Welt. Elend ist ein süßes Wort im Vergleich zu meiner Gefühlslage, doch nicht der Erfolg, sondern solche Widrigkeiten schmieden am Ende den Erzähler in mir.

Nach einer halben Stunde kehrte die Frau schnaufend zurück. Hinter ihr lief eine Schar Kinder, verschwitzt und abgekämpft. Einer von ihnen trug noch den Fußball unter dem Arm. Etwa zehn Kinder waren es.

Ich erzählte die Geschichte mit dem Schnabelsteher, und immer wenn ich eine Atempause machte, stand einer der Jungen auf und wollte gehen. Die Frau schnauzte ihn laut an, und er setzte sich widerwillig wieder hin und jammerte, bald werde es dunkel werden und er würde lieber spielen. Ich beendete die Geschichte nach zehn Minuten, bedankte mich bei der Frau und fuhr davon.

Doch das war nicht die einzige schiefgelaufene Veranstaltung. In der Nähe von Heidelberg fiel eine Lesung ins Wasser, weil der Veranstalter, der Leiter des Jugendzentrums, mir und meinem kleinen Publikum keinen besseren Platz zugewiesen hatte als den hinter der Toilette. Uns trennte eine dünne Wand aus Sperrholz, wir hörten alles mit, und bei jedem Furz und jeder gurgelnden Wasserspülung mußte ich die Geschichte unterbrechen. Nach einer halben Stunde brach ich die Lesung ab.

Ich könnte noch viele solcher Niederlagen aufzählen, die sich am Anfang meines Weges häuften, doch wichtiger ist vielleicht die Frage, warum ich ausgerechnet diesen Weg gewählt habe und auf so viele andere berufliche Möglichkeiten, die mir ein bequemeres Dasein versprochen hätten, verzichtet habe.

Die Antwort ist einfach. Dieser holpernde Anfang konnte die Schönheit der Ferne nicht verdecken. Ich sah durch ihn hindurch, wie man durch einen stinkenden, rissigen Vorhang ein wunderbares Panorama dahinter sehen kann. Ich wußte, daß ich, wenn ich mein Publikum erreichte, großes Glück empfinden würde und betrachtete die Mühsal des Beginns als Gebühr für diese Reise zum Glück.

Und meine Doppelgänger? Außer dem schlampigen R3 (Salman Attabil) aus Köln waren alle wunderbar vorbereitet. Ich hatte keine Sorge.

Zwischendurch übte ich mit jedem die Kunst, Erinnerungen und Anekdoten von früheren Besuchen an einem Ort im Vortrag lässig einzubauen, so daß Buchhändler und Publikum aus dem Staunen nicht herauskämen, daß ich mich an einen Spruch, eine Panne, ein besonderes Ereignis, die Gastfreundschaft oder andere wichtige Dinge erinnerte, die bei meinem letzten Auftritt passiert waren. Manche Termine lagen drei Jahre zurück, doch aus meinem Reisejournal, das ich fünfzehn Jahre lang penibel geführt hatte, zog ich all diese Informationen und gab sie den Doppelgängern mit auf den Weg.

Die ersten Wochen waren himmlisch. Ich arbeitete zu Hause an meinem Liebesroman und bekam täglich mehrere Anrufe von Buchhändlern und Fans, voll des Lobes über meine Auftritte von Hamburg bis Wien und von Zürich bis Burg auf Fehmarn. Der Anrufbeantworter lief heiß. Pro Tag füllte sich eine Kassette mit dreißig Anrufen.

Welch ein erhabenes Gefühl! Die Zeitungsberichte regneten aus allen Städten auf mich herab, in denen meine Stellvertreter Geschichten erzählten. Die Berichte waren sehr positiv, und ich machte mir das Vergnügen, sie eine Stunde nach dem Mittagessen bei einem Espresso zu lesen und zu raten, welcher Journalist die Lesung bis zum Ende miterlebt hatte und welcher nicht. Gehetzte Journalisten kommen immer wieder mit derselben Masche. Sie könnten nicht lange bleiben und müßten die Fotos leider vor der Veranstaltung machen und zur Kaninchenzüchtervereinsvollversammlung rennen, weil dort der Vorstand gewählt wird.

Unter den Journalisten gab es zu meiner eigenen Reisezeit allerdings einige wenige Literaturliebhaber, die so witzige Berichte schrieben, daß ich manchmal froh war, die Lesung gehalten zu haben, um ein solches literarisches Juwel einer Besprechung verursacht zu haben, so etwa in Regensburg. Die Lesung fand in einem herrlichen Innenhof statt, und man hoffte auf gutes Wetter, doch bereits fünf Minuten nach Beginn regnete es in Strömen und machte dem Namen der Stadt alle Ehre. Wir flüchteten in einen Saal, und ich befürchtete schon, keiner würde dableiben, doch das Publikum war komplett mit umgezogen und saß triefend im Ausweichquartier, um die Fortsetzung der Geschichte zu hören.

Der Bericht darüber war ein literarisches Ereignis, und die Erinnerung daran ließ mich später fast ein wenig bereuen, nicht mehr selbst zu reisen.

Nun gut, meine Doppelgänger gingen voller Elan an die Arbeit, und die Buchhändler lobten den Erfolg, nicht nur auf meinem Anrufbeantworter, sondern auch bei den Verlagen.

Einen Augenblick lang fragte ich mich, ob die Sache nicht bei den Verlagen auffliegen würde. Alle großen Verlage bemühen einen Pressedienst, die Kommentare zu ihren Autoren zu sammeln. Und die Verlage machen ihren Autoren Freude (oder Ärger), indem sie ihnen alle Besprechungen zukommen lassen.

Und daher dachte ich mir, wenn einer mein Spiel durchschaute, dann die Presseabteilungen meiner Verlage. Denn die Presse berichtete wie immer ausgiebig über meine Lesungen und es wäre bei genauerem Hinsehen ein leichtes Spiel gewesen, die Überschneidungen der Termine zu bemerken. Offenbar liest jedoch kein Mensch den Termin einer Lesung, sondern unterstreicht nur die wichtigste Aussage, die Autor und Verlag interessieren könnte, und legt den Zeitungsausschnitt ins Archiv.

Wie dem auch sei, die Lesungen liefen im September ausgezeichnet, und ich fühlte mich wie ein Herrscher über sieben brave Untertanen, die emsig ihre Arbeit tun und sich, mir und vor allem dem Publikum eine Freude machen.

Doch der süße Traum dauerte nicht lange. Bald zeigten sich erste Risse. Bereits Anfang Oktober legte Salman Attabil das erste dicke Ei. Bis zwei Uhr nachmittags am 2. Oktober hatte er sich beim Buchhändler nicht gemeldet. Ich verfolgte ihn per Handy in seinem Wohnort Köln, bis ich ihn bei einem Italiener erwischte. Er habe den Termin vergessen, sagte R3 und lachte. Er war gerade bei der »Pasta Mista« angelangt. Ich knurrte ihn an, wenn er auch noch das Hauptgericht zu sich nähme, sei er entlassen. Er lachte. Dieser Mann war und ist mir ein Rätsel, ich kenne keinen anderen Araber oder Türken, den man beschimpft und der daraufhin lacht.

Er fuhr los und erreichte auch ohne Verspätung den besorgten Buchhändler in Koblenz, und dieser erzählte mir später, das erste, was »ich« gesagt hätte, sei »Ich habe Hunger« gewesen. Drei Frikadellen und ein Fischbrötchen hätte »ich« mit einem gesegneten Appetit verdrückt.

R3 lachte die Deutschen wegen ihrer Vergötterung der Termine aus. Ich tadelte ihn. Er spielte den Beleidigten. Er liebe seine Wildheit und die Gelassenheit des Orients und ich sei ein angepaßter Deutscher geworden. Seine Vorwürfe ließen mich kalt. Nicht nur die Kunst des Erzählens ist eine Disziplin. Ich empfahl ihm, er solle sich lieber mit der Frage beschäftigen, ab wann seine und meine Vorfahren gegenüber Terminabsprachen nachlässig geworden waren. Ich glaube nicht, daß die hohe Zivilisation Arabiens, Italiens, des Osmanischen Reichs oder Griechenlands in ihrer Blüte die Zeit und ihre Einteilung geringschätzte. Und abgesehen von wenigen Genies, die im Chaos und Delirium wateten und trotzdem Juwelen hinterließen, waren alle großen Künstler, von den alten Ägyptern bis heute, disziplinierte Schöpfer. Unsere Vorfahren verloren ihren Respekt vor Zeit und Disziplin eher in der Stimmung des Niedergangs, wo alles gleichgültig wurde, und am schnellsten die Haltung dem Menschen gegenüber. Ein Mensch, der mit uns einen Termin ausmacht, hat ein Stück seines Lebens damit verbunden. Termine verschlampen heißt nichts anderes, als das Leben des anderen zu verachten.

»Und ich dachte, Sie sind ein Orientale, der die Gelassenheit schätzt«, warf Salman Attabil ein.

»Gelassenheit ja, aber nicht das Gerede davon. Gelassen wird man, wenn man wenige Termine vereinbart und die dann auch einhält. Im Orient ist das Gegenteil die Regel geworden. Man gibt allen Anfragenden lachend einen Termin und hält die meisten lachend nicht ein. Und keine Menschengattung auf Erden ist heute gehetzter als die Orientalen.«

Aber R3 hat mich überhaupt nicht verstanden.

Von nun an rief ich jeden zweiten Tag bei diesem Chaoten an und fragte, ob er wisse, wo die nächste Veranstaltung stattfinde. Er war nicht einmal beleidigt, und häufig hatte er seine Liste wieder in irgendeinem Hotel verloren, also faxte ich ihm eine Kopie. Günther, ein Studienfreund von mir, der als Arzt in Gladbeck arbeitete, wohnte der Lesung in der Stadtbibliothek bei. Er war beeindruckt und erzählte, daß er seit langem keine so gute Lesung erlebt hätte. Dieser Arzt, der mit mir vier Jahre im Studentenheim Wand an Wand gelebt hatte, merkte den Unterschied zwischen R3 und mir nicht. Er war bloß etwas irritiert über die Distanziertheit, die mein Doppelgänger ihm gegenüber zeigte. So sollten die Doppelgänger sich aber grundsätzlich verhalten. Eine der ersten Regeln bei der Schulung lautete: Alle meine Studienkameraden aus der Heidelberger Zeit, Landsleute, Kollegen, Geliebte und Freunde meiden. Einfach den Gehetzten spielen und jede Einladung abschlagen. Das führten die Doppelgänger dann auch so brav aus, daß meine Freunde, verwundert über meine Reserviertheit, sich immer wieder bei mir meldeten. Ich wiegelte ab. Ich sei zur Zeit sehr gestreßt. Und obschon sich manche über mein junges Aussehen (R2, R4 und R7), meine schlechte Laune (R5), meine übertriebene Fröhlichkeit (R1 und R6) oder Körperfülle (R3) wunderten, durchschaute keiner das Spiel. Ich lachte mir ins Fäustchen.

Niemand durfte vom Geheimnis der Doppelgänger erfahren.

Ein Zwischenfall sei hier am Rande erwähnt. Meine ehemalige Frau Heide, die heute in Kiel lebt und bei einer großen dänischen Reederei im Personalbüro arbeitet, kam mit ihrer Chefin zur Lesung. Was sie zu sehen bekam, war die kalte Schulter von Schadi Malas. Was sie hörte war eine Geschichte, wie sie sie von mir kannte.

Am Schluß umarmte sie ihn zum Abschied und flüsterte ihm ins Ohr: »Du mußt nicht die saure Gurke spielen, Herr berühmter Schriftsteller.«

Gott sei Dank gab es drei Wochen später in Kiel eine zweite Lesung bei einem Kulturfest. Ich rief meinen Doppelgänger Schadi Malas an. Ich kannte Heide und wußte, daß sie eine Enttäuschung nicht vertragen konnte und nun allein kommen würde, um das zu klären. Er sollte von sich aus auf sie zugehen und sie herzlich begrüßen, meinetwegen auch umarmen und sagen, daß er sehr gestreßt gewesen sei und daß es ihm leid tue. Mehr nicht!

Genauso geschah es, und meine ehemalige Frau war wieder beruhigt. R1 meinte, sie habe nicht den geringsten Verdacht geschöpft, nur über die veränderte Stimme habe sie sich gewundert.

Im September und Oktober hatten die Doppelgänger insgesamt 240 Lesungen über die Bühne gebracht, von denen nur etwa zwanzig schiefliefen. Aber die harte Probe stand erst im November mit 160 Lesungen an. Meine Verlage jubelten jedoch bereits Ende September über die steil ansteigende Kurve der Bestellungen.

Körbeweise regnete es Briefe, Anfragen und Wünsche. Ich beantwortete erst die Briefe selbst, ab Oktober mußte ich eine Arbeitskraft einstellen. Und bis Ende Oktober hatte ich 900 Anfragen für Lesungen im nächsten Halbjahr. Ich wollte aber erst einmal prüfen, wie meine Doppelgänger und ich den ersten Durchgang bis Ende März bewältigen würden. Ich tröstete die Interessenten, daß die Tournee erst im März zusammengestellt und ich keine einzige Anfrage unbeantwortet lassen würde.

Bald aber stellte sich ein sonderbares Gefühl ein. Ich kann es heute nüchtern als den Wahn der Macht benennen. Dieser Wahn ließ mich meine Nichtigkeit vergessen, ließ mich sogar den Tod aus meinem Hirn löschen. Der Tod, mit dem jede Herrschaft endet. Was war es für ein wohltuendes Gefühl, aus dem behaglich warmen Büro heraus die unsichtbaren Fäden zu ziehen, zu straffen, locker zu lassen, zu bewegen, zu dirigieren. Und am Ende eines jeden Fadens hing eine willige Puppe, mit Brille und lockigen schwarzen Haaren (alle Doppelgänger mußten ihre Haare meinen anpassen, zwei nahmen eine Dauerwelle in Kauf und Salman Attabil mußte seine fast blonden Haare färben), die sich verbeugte und sagte: »Guten Abend, meine Damen und Herren, ich freue mich, heute abend hier zu erzählen.«

Welch einen Rausch empfand ich fast jeden Abend gegen acht Uhr, denn zu dieser Stunde hielten sieben Rafiks Lesungen, deren Ablauf von mir genau geplant war.

Wenn es der erste Besuch war, dann mußte mein Doppelgänger mit *Erzähler der Nacht* anfangen, wenn nicht, mußte er eine Anspielung auf den letzten Auftritt machen. Er mußte sich streng an die Zusammenfassung aus meinem Computerspeicher halten, in der die letzte Lesung in jener Stadt genau skizziert war. Als R1 in Berlin am Chamissoplatz erzählte, wie ich damals als Anfänger in der Galerie eine Lesung gehalten hatte, wo auch die Bilder eines unbekannten Malers namens Sowa ausgestellt worden waren, die ich vom ersten Blick an geliebt hatte, waren die Zuhörer entzückt. Aber damals hatte ich keinen Pfennig und konnte mir das Bild mit dem Schwein im Suppenteller nicht kaufen. Heute ist Michael Sowa auch sehr berühmt, und wahrscheinlich kann ich das Gemälde wieder nicht bezahlen. Als mein Doppelgänger das erzählte, waren die Besitzer der Galerie und einige alte Fans sprachlos.

Die Tage vergingen, und ich fühlte mich von Tag zu Tag mehr wie ein Herrscher über einen Geheimbund. Ich machte Mut, tröstete, wenn irgend etwas schieflief, ermahnte und tadelte. Bald flüsterte mir ein Teufel noch wahnsinnigere Projekte zu, doch ein Schauder hielt mich zurück. Die Logik, eine Tante der Angst, erinnerte mich daran, daß ich zwar der Herr eines kleinen Imperiums der Unterhaltungsindustrie mit eigenem Radio- und Fernsehsender werden könnte, aber dann wäre ich nicht mehr Herr meiner Zeit. Und wer seine Zeit nicht beherrscht, ist nicht frei. Mit der Belastung der Herrschaft über sieben Doppelgänger konnte ich gerade noch ein paar Stunden am Tag schreiben, wäre es einer mehr, würde ich zu nichts mehr kommen.

Eine Schreibkraft mußte aber her, um die Lawine der Briefe, Rechnungen, Mahnungen und andere lästige Aufgaben zu bewältigen. Ich suchte und hatte Glück. Frau Schmitt schuftete sich dreimal die Woche je acht Stunden lang ohne Pause ab, um den Postberg zu bewältigen. Nur Liebesbriefe wollte ich persönlich beantworten. Frau Schmitt war dankbar, weil manche Briefe sehr weit gingen und sie zwar aufgeklärt, aber eine brave Katholikin fernab von allen Niederungen des freizügigen und wechselhaften Liebeslebens war. Sie war seit dem Kindergarten mit demselben Mann befreundet, hatte ihn, einen Pharmavertreter, dann geheiratet und himmelte ihn seit genau vierzig Jahren ununterbrochen an.

Frau Schmitt machte ihre Arbeit so gewissenhaft und genau, daß sie nie durchblickte, wer all diese Lesungen machte. Sie vermutete, daß ich immer, wenn sie nicht da war, Lesungen hielt. Bald achtete sie vor lauter Routine nur noch genau auf die jeweilige Vertragsnummer, den Kontostand und die Überweisung. Gewissenhafter als meine Sekretärin waren nur die Buchhändler und das Finanzamt. Bei insgesamt 740 Lesungen verhielt sich nur ein einziger Buchhändler störrisch. Erst der Brief meines Rechtsanwalts bewegte ihn zu zahlen. Die anderen überwiesen das Honorar unverzüglich und mit Dank.

Die Doppelgänger veränderten mich. Ich hatte mein Leben lang Respekt vor der Intimität der Menschen. Doch hier mußte ich die Post zentral an mich richten lassen, sonst wäre die ganze Sache innerhalb von wenigen Tagen aufgeflogen, und außerdem hatte ich durch die Briefe auch die Möglichkeit, gefährlichen Affären rechtzeitig Einhalt zu gebieten, bevor sie bedrohlich werden konnten.

Meine Doppelgänger durften – so unsere Absprache – niemandem, auch nicht im Alkohol- oder Liebesrausch, ihre wahre Identität und Adresse verraten. Sie würden dann sofort entlassen. Für diesen Fall hatten sie alle eine Kaution von fünftausend Mark bei mir hinterlegen müssen, die ich dann einbehalten hätte. Und was stand nicht alles in den Briefen!

Es war alles andere als angenehm, die intimen Andeutungen, Neigungen und Pläne, offen ausgesprochenen Gefühle und Beschreibungen von erlebten Liebesspielen gefühllos durchzulesen, und ich kam mir nicht nur als Voyeur, sondern auch als mieser Spielverderber vor, der mit verkalkter Moral seine Leute bei der Stange halten wollte. Und wer gab mir das Recht, das intime Leben eines fremden Menschen zu überwachen?

Noch bevor der Oktober sich mit 130 Lesungen verabschiedete, traf es den Doppelgänger R2 hart. Er war eine Woche in Hessen, von Kassel bis Darmstadt unterwegs, und da die Verbindung mit der Eisenbahn gut war, verzichtete er auf das Auto. Von Darmstadt aus rief er mich an und bat um Hilfe. Er war kurz vor Darmstadt im Zug von zwei Skinheads angegriffen worden. Er hatte sich gewehrt, und auch als eine junge Schaffnerin anfing, um Hilfe zu schreien, mußten die zwei die Flucht ergreifen. Nun sei alles in Ordnung, doch er habe sich am rechten Bein verletzt, und das Allerschlimmste, der Buchhändler sei zufällig am Bahnhof gewesen, aus weiß der Teufel welchen Gründen, und er habe ihn ins Auto gepackt und zur Klinik gebracht. Dort wurde er als Rafik Schami eingetragen und freundlichst behandelt. Dann habe ihn der Buchhändler ins Hotel gefahren, noch blasser im Gesicht als der verletzte Doppelgänger.

Nun könne er an diesem Tag keine Lesung mehr halten, ob nicht R5 aus Merzig (der an dem Tag freihatte) oder irgend jemand anderer einspringen könne? Er brauche nach diesem Schock Ruhe. Ich sprach ihm Mut zu und gratulierte ihm zu seinem Sieg über die gefährlichen Skins, doch es war nichts zu machen. Er könne kein Publikum sehen. Ich solle das verstehen, sogar der Buchhändler sei bereit, dem Publikum diese Nachricht zu überbringen. Es seien sowieso zu neunzig Prozent Studenten, und er oder eine

Mitarbeiterin der Buchhandlung würde dem Publikum meine Geschichten vorlesen.

»Nein«, sagte ich, »ich mag das nicht. Fehlt nur noch, eine Schweigeminute abzuhalten. Ich komme und vertrete Sie heute, Sie ruhen sich übers Wochenende aus, und dann geht es bei Ihnen am Montag in Hildesheim weiter. In einer Stunde bin ich in Darmstadt. Sie lassen von nun an keinen mehr zu sich, und wenn ich ankomme, rufe ich Sie an, und Sie fahren dann mit Sonnenbrille und Mantel in einem Taxi zum Bahnhof. Dort treffen wir uns.«

Dieser Aqil Maisun war ein merkwürdiger Doppelgänger. Er war ein verschlossener Araber aus Israel, der jahrelang von einer kleinen Unterstützung lebte, die ihm sein reicher Bruder aus Saudi-Arabien schickte.

Aqil sagte bei einer Diskussion nie nein, und man merkte nur, wenn man genau hinschaute und hinhörte, daß er alles ablehnte. Seine Zunge war falsch, und mich würde es nicht wundern, wenn eines Tages herauskäme, daß er alle Menschen gehaßt hat. Was er wollte, erkannte ich an seinen Augen, den einzigen aufrichtigen Zugängen zu seiner Seele. Wenn ich nicht Gino Biancos (R5) Geiz kennengelernt hätte, so hätte ich Aqil zum größten Geizkragen meiner Truppe ernannt, aber er war unbestritten der zweitgrößte. Sein Denken hatte etwas Schweres, deshalb war seine Sprache plump, aber er hatte das Gedächtnis eines Kamels. Das, was er einmal auswendig gelernt hatte, war für immer perfekt da, aber er fiel in ein tiefes Sprachloch, sobald er seine eigenen Gedanken äußerte. Leider habe ich zu spät gemerkt, wie sehr dieser Mann die Deutschen haßte.

Die Kommentare zu seinen Lesungen zeigten, daß er mittelmäßig war. Er selbst fand sich immer wunderbar und lobte dauernd Publikum und Buchhändler. Selten hatte er, wie es in Frankfurt der Fall war, zugegeben, daß der Abend mittelmäßig verlaufen war.

Woher kam seine Mittelmäßigkeit? Anfänglich dachte ich an Lampenfieber oder Angst vor allzu vollen Sälen.

Doch all das war nicht die eigentliche Ursache. Erzählen hat mit Liebe zu tun. Mit Haß, Angst und Zorn kann man nicht erzählen. Das Publikum bestand zu neunzig Prozent aus Deutschen, und R2 haßte die Deutschen. Irgendeine tiefe Wunde saß in seiner Seele. Er redete nicht darüber, aber ich glaube, sie rührte von einer Verletzung in der Liebe, denn er mied deutsche Frauen grundsätzlich. Er träumte von einer Araberin, die nur für ihn da war und nur auf ihn wartete und vor allem von keinem Mann berührt war. Und bei jedem Treffen wiederholte er mir, seine zukünftige Frau würde einen Mund haben, den nur ihre eigene Mutter geküßt hätte.

Ich sagte ihm, eine solche Frau gäbe es nicht. Er könnte sie aber aus Mehl, Wasser, Rosinen, Zucker und Hefe schaffen und sie so lange anhauchen, bis sie lebendig würde. Er lachte, und die Einsamkeit glänzte in seinen Augen.

Doch von all meinen Doppelgängern war er der harmloseste und zuverlässigste. Er führte seine Arbeit gewissenhaft aus und war überhaupt nicht ehrgeizig. Und ausgerechnet diesen harmlosen friedlichen Mann hatte es getroffen.

Ich fuhr also sofort nach Darmstadt, und bald saßen wir beide im Bahnhof. Ich konnte meine Tränen kaum noch zurückhalten. Der arme Kerl hatte außer am Gesicht überall Flecken und Schürfungen. Eine große Wunde am Schienbein war genäht und verbunden worden. Er war wegen des Blutverlusts furchtbar blaß, was bei dunkelhäutigen Menschen sehr elend aussieht. Ich drückte ihn an mich, und er weinte.

»Mensch, hab ich einen Schreck bekommen. Ich dachte, nun muß ich sterben. Die zwei traten in mein Abteil und sagten mir ganz leise und eher scherzend, ich müsse aus dem Fenster springen, da zu viele Türken im Land seien. Als ich den Scherz nicht verstehen wollte, öffneten sie das Fenster und versuchten, mich mit Gewalt hinauszubefördern. Ich schlug mit aller Kraft zu, die mir Gott gegeben hat, schauen Sie meine Hand an, sie ist jetzt noch geschwollen, und setzte den einen außer Gefecht. Der Schlag traf ihn am Ohr, und er fiel in Ohnmacht«, sagte er, lachte kurz und wischte seine Tränen ab, »nun wollte mich der größere der beiden überwältigen. Er trat mich mit seinem Fliegerstiefel, doch da schrie die mutige Schaffnerin und schlug mit ihrer Tasche auf seinen Kopf, bis einige Männer im benachbarten Abteil aufmerksam wurden und herbeiliefen. Der andere Skinhead kam wieder zu sich, zückte ein Messer und bedrohte damit die Männer. Er bahnte sich und seinem Kameraden einen Fluchtweg zur Tür und weiter hinaus auf den Bahnhof, wo der Zug gerade eingefahren war. Doch die Schaffnerin und die herbeieilenden Fahrgäste hatten immerhin die Skinheads daran gehindert, mich umzubringen.«

»Und Ihr Bein? Wie ist das passiert?« fragte ich.

»Ich weiß es wirklich nicht. Entweder hatte er etwas Scharfes in der Hand oder ich habe irgend etwas Scharfes gestreift, denn die Hose und das Bein waren wie mit einer Rasierklinge aufgeschlitzt. Fünfzehn Zentimeter lang ist die Wunde. Und dabei fing der Tag so schön an. Ich habe mit meiner Bekannten, einer Architektin aus Ägypten, telefoniert, und wir wollten zusammen essen gehen. Mein Gott, was ist mit den Leuten los? Ich will in ihrer Stadt doch nur eine Geschichte erzählen«, sagte er, schüttelte den Kopf und weinte erneut.

Ich schwieg und fühlte mich selbst ganz elend.

Wir beschlossen, stündlich miteinander zu telefonieren, und er fuhr nach Hause. Ich hingegen nahm sofort ein Taxi zum Hotel, ging dort gleich in »mein« Zimmer, verband mein rechtes Bein und legte mich auf das Bett, das nach meinem Doppelgänger roch.

Punkt fünf Uhr klopfte es an der Tür. Es war der junge Buchhändler. Wir kannten uns seit Jahren. Er war außer sich vor Freude, als ich ihm mitteilte, daß ich die Lesung nun doch halten wolle. Er war verwundert und beglückt und hüpfte an meiner Seite vor Freude auf dem Weg zum

»Schloßkeller«. Dort war die Nachricht von meiner Verwundung bereits angekommen, und die Menschen gaben mir einen nicht enden wollenden Beifall zum Empfang. Der Buchhändler war bewegt und erinnerte sich an eine Lesung mit mir am 9.11.1989, wo er als Einleitung eine Rede zur Erinnerung an die Kristallnacht gehalten hatte.

An diesem Abend hielt er wieder einen mahnenden Appell gegen Faschismus und Rassismus. Seine Stimme war heiser vor Aufregung.

Ich hielt die Lesung, so gut ich konnte, und verspürte eine tiefe Befriedigung, einen Doppelgänger meines Doppelgängers zu spielen.

Ich signierte an diesem Abend viele Bücher, und die Leute verabschiedeten sich rührend von mir. Eine Frau aber brachte mich ungewollt zum Lachen, und Lachen löst oft die Bremsen des Leichtsinns. »In letzter Zeit reisen Ihnen viele nach und versuchen Sie zu kopieren. Ich bin eine Märchenliebhaberin und kann Ihnen sagen, Original ist Original und Kopie bleibt Kopie«, sagte sie bewundernd und nicht ohne Stolz.

»Aber ich bin nicht das Original«, lachte ich, »ich bin ein Doppelgänger von Herrn Schamis Doppelgänger«, und alle um mich herum lachten.

Nach der Lesung verabschiedete ich mich schnell von allen und erklärte dem Buchhändler, daß ich am nächsten Morgen in aller Frühe nach Hause fahren wolle, um einen Arzt aufzusuchen. Dann ließ ich mich zum Hotel bringen. Ich wartete eine Stunde im Zimmer. In dieser Stunde dachte ich unentwegt an einen Unfall vor Jahren in Darmstadt und eine wundersame Frau, der ich dabei begegnet war.

Ich hatte damals eine Woche lang Lesungen in fünf Städten der Umgebung meines damaligen Wohnorts Heidelberg. Pro Tag drei Lesungen: zwei am Vormittag in einer Schule und eine abends in irgendeiner Buchhandlung zwischen Frankfurt und Heilbronn. Und nach der Lesung fuhr ich immer nach Hause zurück. Es war aufwendiger, aber jede Nacht, die ich in meiner bescheidenen Wohnung verbringen konnte, war mir lieber als das beste Hotel. Es war damals eiskalt, so um minus vierzehn Grad. Doch die Lesungen in Bensheim, Mannheim, Heidelberg und Heilbronn machten mir unglaublich viel Spaß. Ich machte damals auch eine Lesung in Darmstadt und ging anschließend mit dem Buchhändler, zwei Mitarbeiterinnen und ein paar Zuhörerinnen und Zuhörern in eine Kneipe, um zum Abschied einen Wein zu trinken. Ich selbst trank nur Wasser und Espresso. Das Gespräch mit dem Buchhändler war so interessant, daß ich erst kurz nach eins mit dem Auto losfuhr. Außer dem Zettel mit der Adresse der Buchhandlung hatte ich gar nichts dabei, und in meinem Portemonnaie waren höchstens zwanzig Mark.

Ich fuhr von einem Parkplatz in der Nähe der Buchhandlung bis zur nächsten Kreuzung. An einer Ampel blieb das Auto ohne jede Vorwarnung stehen. Die Vorderachse war hin. Ich stellte den Warnblinker an und stieg aus. Es war nichts zu machen. Das Auto mußte auf den Bürgersteig geschoben werden, und dann wollte ich sehen, wie ich weiterkam. Es war zum Glück nicht viel Verkehr. Aber es war lebensgefährlich. Ich versuchte das Auto zu schieben, doch die kaputte Achse blockierte. Die wenigen Passanten reagierten nicht auf meine Hilferufe, was mich sehr wütend machte und mir Kraft gab, und ich schob das Auto fluchend bis zum Bürgersteig. Ich kam aus der Gefahrenzone heraus, doch ich schaffte es nicht, das Auto über die hohe Bordkante des Bürgersteigs zu schieben. Plötzlich hielt ein kleiner Wagen an, das Fenster wurde heruntergekurbelt, und eine Frau fragte mich, ob sie mir helfen könne. Ich nickte. Sie fuhr rückwärts, stellte ihr Auto hinter meines, schaltete ihren Warnblinker an und stieg aus. Eine solche Schönheit habe ich selten in meinem Leben getroffen. Und als guter Araber vergaß ich das Auto und starrte die Frau an. Sie war ganz in Schwarz gekleidet.

»Packen wir es«, sagte sie und lächelte mich an. Und wir schoben und ächzten, bis wir das Monster auf dem Bürgersteig in Sicherheit gebracht hatten.

»Was ist passiert?« fragte sie und atmete schwer.

»Ich glaube, die Vorderachse ist gebrochen«, sagte ich und stellte das Warndreieck ins hintere Fenster. Ich bedankte mich umständlich, und sie stand einfach da.

»Sie haben eine Heidelberger Nummer«, sagte sie.

»Ja, ich wohne in Heidelberg«, antwortete ich, »ich war auf dem Rückweg, als das passierte.«

»Kennen Sie jemand in Darmstadt?« fragte sie.

»Ja, aber niemanden so gut, daß ich ihn ohne weiteres zu dieser späten Stunde anrufen kann.«

In meinem Kopf ratterte meine Überlebensmaschine auf der Suche nach Rettung. Das tat sie immer, wenn eine Bedrohung nahte, und ich fühlte, daß die nächsten Tage und Termine schieflaufen würden. Es gab keine Züge zu dieser Stunde, und ich wohnte damals etwas außerhalb von Heidelberg. Mir war klar, daß ich so bald nicht nach Hause kommen würde, und ich mußte um sechs Uhr aufstehen, um die erste Schullesung um acht Uhr in Neckargemünd zu halten.

»Wie wollen Sie um diese Zeit nach Hause kommen?« hörte ich die Frau fragen.

»Ich weiß es nicht. Können Sie mich zum Bahnhof bringen?« bat ich aus Verlegenheit und mit der Hoffnung auf mehr Wärme im Bahnhof. An der Kreuzung wehte es fürchterlich.

»Am Bahnhof geht um diese Stunde gar nichts mehr. Sie vergeuden nur Ihre Zeit. Soll ich Sie nach Hause fahren?«

Ich war sprachlos. Alles hatte ich erwartet, aber nicht im Traum hätte ich einen solchen Engel erhofft. Ich heuchelte keine Sekunde.

»Das wäre wunderbar, weil ich auch kein Geld habe, um ein Taxi zu nehmen«, sagte ich schnell.

»Dann steigen Sie ein, bevor Sie festfrieren«, sagte sie

und beruhigte mich, daß sie am nächsten Tag freihabe und es ihr deshalb nichts ausmache, zwei Stunden später ins Bett zu gehen.

Der Mensch ist ein Schweinehund, denn als wir so friedlich durch die Landschaft fuhren, die in glitzernden Rauhreif gehüllt war, und der Kassettenrecorder irgendwelche fröhlichen Divertimenti von Mozart spielte, ging es mir durch den Kopf, wie schön es doch wäre, wenn ich die nächsten Stunden in den Armen dieser Frau verbringen könnte. Doch schnell schüttelte ich das Schwein aus meinem Kopf und wollte nur noch dankbar sein. Wir unterhielten uns, und sie wunderte sich, daß Schriftsteller auch noch Geld bekommen, wenn sie ihre Bücher vortragen. Sie las kaum oder überhaupt nicht, war aber eine passionierte Kinogängerin. Ihr Beruf, Krankengymnastin, füllte sie nicht aus. Aber immerhin ermöglichte er ihr, mehrmals in der Woche ins Kino zu gehen. Eine Kapazität war sie, das schönste Nachschlagewerk über Filme, dem ich je begegnet war, und es konnte noch dazu Auto fahren. Und da auch ich Filme mag, hatten wir hier eine kleine Brücke, und wir wanderten hin und her zwischen allen möglichen Filmen mit Marlon Brando über Woody Allen bis zu Jim Jarmuschs neuestem Film *Night on Earth.*

Warum hielt sie mitten in der Nacht an, um einen Fremden nach Heidelberg zu fahren?

Keine sensationelle Antwort. Sie könne einfach nicht an einem Hilfsbedürftigen vorbeifahren. Eine Erinnerung aus ihrer Kindheit hat sie geprägt: Ein Lastwagenfahrer hatte sie gerettet.

Wir lachten viel, und ich beneidete ihren Mann, einen Kaufhausangestellen, weil er mit dieser Perle leben durfte. Nach weniger als einer Stunde hielten wir vor meiner Wohnung. Sie wollte keinen Kaffee trinken, den ich wirklich ohne jeden Hintergedanken angeboten hatte, sondern ein Buch von mir haben, und sie ging arglos mit mir in die Wohnung und nahm wie ein kleines Mädchen das Buch erstaunt in die Hand, trank einen Schluck Wasser und fuhr zurück, und ich, verblödet wie ich war, fragte sie weder nach ihrem Namen noch nach ihrer Adresse.

Die Erinnerung an diese Frau ging mir durch den Kopf, als ich im Hotelzimmer wartete, bis ich ohne Aufsehen zurückfahren konnte.

Gegen Mitternacht stieg ich in meinen Wagen und fuhr langsam nach Hause.

Und erst als ich meinen Pyjama anziehen wollte, entdeckte ich den Verband an meinem rechten Bein. Ich lachte und ließ ihn über Nacht dran.

Vom langsamen Wetzen der Zunge

Ich war nicht einmal fünfzehn Jahre alt, als ich zum ersten Mal vor einer größeren Zuhörerschaft erzählen sollte. Es war ein katholischer Club, und man hatte dort schon öfter junge Künstler auftreten lassen. Ich fieberte dem Auftritt entgegen. Bis zu diesem Tag hatte ich in der Familie erzählt, klassische Dichtung vor den Mitschülern rezitiert und den Jungen aus der Gasse Abenteuer vorgesponnen, die kein Mensch auf Erden erlebt haben konnte. Doch so schwer es auch war, in der Familie zu erzählen, ohne daß es mindestens drei besser wußten, die Jungen auf der Straße für eine halbe Stunde zu fesseln oder die Mitschüler von dem Theater abzuhalten, zu dem sie der Neid regelmäßig trieb, es blieb immer ein Stück Vertrautheit in all diesen Orten. Sie waren mein Revier. Hier aber, im katholischen Club von Damaskus, war fremdes Territorium, zu dem ich in gebügelter Hose, frisch geduscht und parfümiert ging. Ich kannte viele Leute, die im Club tätig waren, aber der Ort selbst war mir fremd, obwohl er im christlichen Viertel lag. Dazu kam eine weitere Fremdheit. In der Familie, auf der Gasse oder in der Klasse war ich eingebettet in meine Umgebung. Ich war ein Teil von ihr, und die Zuhörer waren ein Teil von mir. Hier dagegen sollte ich vor völlig unbekannten Gesichtern auftreten. Es gab deshalb nur extreme Tagträume vor dem Ereignis. Ich würde entweder von den begeisterten Massen auf den Schultern durch das christliche Viertel feierlich nach Hause gebracht werden oder völlig verschmiert und blutend in einer Ambulanz landen.

Zu allem Übel bekam ich noch eine Nachricht, die mir den restlichen Mut raubte. Chalil, ein Junge, dessen Freundin ihn meinetwegen verlassen hatte, heckte etwas gegen mich aus, damit ich vor den Eltern der Freundin blamiert würde. Auf den besonderen Wunsch von Hanan, so hieß die Freundin, sollten die Eltern dem Vortrag beiwohnen. Hanan, die meine Stimme besonders liebte, war sich sicher, daß ihre Mutter, wenn sie meine Stimme einmal gehört hätte, mich akzeptieren würde. Das hätte unsere Liebe von den allzu vielen Heimlichkeiten befreit.

Aber was führte Chalil im Schilde?

Ich tat etwas, was ich noch nie getan hatte: Ich weihte meinen Vater ein. Nie zuvor hatte ich meinem Vater Intimes erzählt. Er war durch Respekt und Angst Welten von mir entfernt.

Ich suchte ihn in seiner Bäckerei auf. Es war ein ruhiger Nachmittag, die Arbeiter waren längst gegangen, und mein Vater hatte sich gerade einen Tee gekocht, nachdem er das Schaufenster geordnet hatte. Ich dramatisierte das Geschehen und bat ihn um Hilfe. Er war erstaunt, daß ich überhaupt von diesem vornehmen Club eingeladen worden war, und bezweifelte, daß Chalil mich provozieren würde, und täte er es doch, sollte ich ihn hinausschmeißen. Aber was, wenn sein Onkel, der Clubdirektor, eingriff und sich beide gegen mich verschworen? Ob es nicht ratsamer sei, wenn mein Vater dabei wäre?

»Das schon, aber was hilft das?« fragte mein Vater. »Den Onkel könnte ich in Zaum halten und, wenn es darauf ankommt, zu Boden werfen. Das kann ich, aber wer soll die Mutter von Chalil und ihre Schwester, seine Tante Salime ruhigstellen? Die beiden machen einen Männerchor mundtot. Und was bringt dir armem Teufel dieser Tumult, den wir im Saal veranstalten? Du wirst keinen Satz mehr rauskriegen. Nein, mein Kleiner. Das kann man nicht so machen«, sagte er, schenkte mir wieder Tee ein und schwieg. Meine Sorgen lasteten auf seinen Schultern.

»Weißt du, wer dich retten kann?« fragte er plötzlich.

Ich schüttelte ratlos den Kopf.

»Deine Zunge«, sagte er und lächelte, »nur die kann dich retten. Chalil ist nicht so dumm, noch vor der Veranstaltung etwas gegen dich unternehmen zu wollen. Nein, ich vermute, er wird dasitzen und warten, bis du angefangen hast, und dann wird er – sagen wir nach zehn Minuten – zu stänkern anfangen, und gerade das ist deine Chance. Du mußt mit deiner Zunge die Leute innerhalb von zehn Minuten so verzaubern, so süchtig nach der Fortsetzung machen, daß sie nicht nur Chalil, sondern seine ganze Familie zurückhalten, ja jedes Murren im Keim ersticken.«

Das war es. Dieser orientalisch weise Vorschlag leitete meine Karriere als Erzähler ein.

Ich dankte meinem Vater für den Tee und den Vorschlag und lief nach Hause. So gut wie nie zuvor bereitete ich meinen Auftritt vor. Ich überprüfte jede Geste, jeden Witz, jede Abschweifung und jede Schleife. Und dann trat ich auf, ausgerüstet mit einem herzhaften Kuß von Hanan, den sie mir im Büro des Clubs gegeben hatte, wo ich mich allein vorbereitete.

Chalil gähnte demonstrativ.

Nach der Begrüßung des Clubdirektors trat ich auf die kleine Bühne und war nicht mehr ich, sondern ein Zauberer. Nach genau fünf Minuten wußte ich, daß ich das Publikum – außer einem verärgerten blassen Chalil – in der Hand hatte. Dieser Teufel versuchte aber dennoch seinen Plan in die Tat umzusetzen, obwohl das Spiel für ihn längst verloren war. Er schabte mit den Füßen, gähnte vernehmlich, kommentierte meine Sätze giftig und immer lauter und legte sich mit seinen Nachbarn an, so daß sein Onkel, der in der Reihe vor ihm saß, sich zu ihm umdrehte und ihm nur kurz etwas zuflüsterte. Da erstarrte Chalil wie eine tiefgefrorene Lammkeule. Er schaute mich nicht mehr an. Und ich schwebte fast zehn Zentimeter über der Bühne.

Es war ein großer Erfolg, und die Syrer sind ein Volk, das seine Gefühle zeigt. Das Publikum hätte durch Beifall und Jubel die Clubwände beinahe zum Einstürzen gebracht. Seit diesem Tag glaube ich der Bibel, die berichtet, daß man mit Musik und Jubel so übertreiben konnte, daß die Mauern der Stadt Jericho einstürzten.

Chalil schlich sich stumm hinaus, der Nebenbuhler war bezwungen.

Seit diesem Tag verließ ich mich immer auf das Publikum und natürlich auf meine Zunge.

Dem Zufall überließ ich gar nichts.

In der Bundesrepublik ist das Publikum wahnsinnig höflich. Manchmal sind die Deutschen leider zu geduldig gegenüber der Langeweile, die ihnen mancher Autor zumutet. In Arabien verwandelt sich das Publikum bei einem Langweiler innerhalb von Minuten in ein Chaos aus Störern, die laut miteinander feilschen, pfeifen, singen und, wenn es darauf ankommt, auch tanzen.

Ich habe nur dreimal in fünfzehn Jahren Störer in Deutschland erlebt, und das waren harmlose Betrunkene, die sich im Saal (Heidelberg: »Wo ist die Kegelbahn, ich sehe keine.«), im Laden (Schwäbisch Gmünd: »Ein Bier bitte, ein Bier!«) oder in der Veranstaltung (Hamburg: »Da tanzt doch niemand. Wann fängt die Party an?«) geirrt hatten und deshalb laut geworden waren.

Das Publikum ist die wichtigste Voraussetzung für eine Lesung, und was haben meine Doppelgänger daraus gemacht?

Seltsame Menschen waren diese Doppelgänger.

Gino Bianco, R5, war Italiener, lebte als Vater von zwei Kindern in Merzig (Saarland) und war der ernsthafteste meiner Doppelgänger. Er war lange Jahre arbeitsloser Philologe und später zeitweise als Pharmavertreter tätig, schrieb selbst Gedichte, alles Klagen über die Deutschen. Ab und zu ein gelungenes Sprachspiel. R5 war aber selbst ein Rassist, der am liebsten alle Türken umbringen wollte. Deshalb haben wir das Ausländerthema bei all unseren Treffen ausgeklammert. Er war der geizigste Mensch, den ich je erlebt habe. Als ich seine Tournee mit ihm vorbereitete, holte er mich zu Fuß von dem weit entfernten Bahnhof ab. Seinen nagelneuen BMW ließ er vor der Tür stehen. Ich wohnte in einer Pension um die Ecke, arbeitete zehn

Stunden am Tag mit ihm in seiner eigenen Wohnung und bekam den ganzen Tag lauwarmen Kaffee aus einer Thermosflasche, die offenbar schon Noah auf seiner Arche gebraucht hatte. Ich trank immer nur einen Schluck in der Stunde, mehr konnte ich nicht verkraften. Seine Frau blieb während meines dreitägigen Aufenthalts versteckt, aber sie war immer irgendwo im Hintergrund. Und ich konnte den Verdacht nicht loswerden, daß mein Doppelgänger mir nicht glaubte, daß ich Christ sei. Er selbst war ein christlicher Fundamentalist und vertrat verknöcherte Thesen: »Wenn die Muslime uns ihre Frauen nicht zeigen, sollen unsere Frauen auch mit keinem Muslim sprechen. Mal sehen, wer die besseren Nerven hat.«

Aus verschiedenen Gründen hatte R5 etwa zwanzig Lesungen weniger als die anderen. Deshalb, und weil er viel Geld brauchte, bot er mir an, die anderen zu vertreten.

Und nun rückte der schwerste Monat der Reise heran: der November mit 160 Lesungen, und Aqil, mein geschlagener Doppelgänger R2, war mit seinen Nerven am Ende. Er wurde zu einem Magnet für Ausländerhasser. So etwas gibt es auch. Ich könnte wetten, wenn ich mit einer Gruppe von zehn Leuten spazierenginge und ein bissiger Hund vorbeikäme, so würde er nur mich beißen. Irgendwie wirke ich anziehend auf die Köter. So wie R2 auf die Feinde der Menschheit.

Selbst der harmlose Autor Ewald Huhn, der sich immer bei mir ausweinte, verwandelte sich bei R2 in einen widerwärtigen Hasser und Störer, und R2 erzählte mir entsetzt, wie Ewald versucht hatte, ihn vor dem Publikum fertigzumachen. R2 führte das auf sein Ausländersein zurück, und ich beruhigte ihn mit dem Argument, die deutschen Autoren könnten sich selbst nicht ausstehen, wie sollten sie dann einen Fremden lieben?

Dieser Ewald Huhn war ständig im Fernsehen zu bewundern, aber wenn er mich besuchte, so wirkte er immer wie gebrochen, weinte bittere Tränen und erzählte mir von seinem Kummer. Ich wollte nicht, daß er sich vor den Menschen blamierte. Er kam zu meinen Lesungen, sooft er konnte, und wartete geduldig, bis ich mit der letzten Unterschrift fertig war. »Du bist ein wahrer Schriftsteller, weil du Literatur pur machst. Ich bin doch nur ein armes Schwein«, sagte er und trank. Er trank Unmengen und war todunglücklich, daß er zuviel Radio-, zuviel Fernsehsendungen und zu viele Essays schrieb, die ihn alle ankotzten und daran hinderten, endlich an seinem Roman zu arbeiten. Beim ersten Mal hörte ich gespannt zu und riet ihm, er solle die Medien wie das Rauchen mit einem Schlag aufgeben. Alles andere würde nicht helfen. Ewald hörte aufmerksam zu, fragte nach Details, wie er vorgehen sollte, falls die Verführung zu groß würde, und dann leuchtete sein Gesicht voller Hoffnung. Dieses Leuchten werde ich mein Leben lang nicht vergessen. Doch zwei Tage später sah ich ihn im Fernsehen. Er saß schmuddelig und breitmäulig in einer Talk-Show zum Thema Seitensprung. Zwei Tage später empfahl er bei einem anderen, seriöseren Sender einen scheußlichen Roman, und am dritten Tag ließ er sich von einem dummen Talkmaster abkanzeln. Einen Monat später weinte er sich wieder bei mir aus: »Ich bin ein Medienschwein«, und gegen Ende der Begegnung war er wieder entschlossen, die Kur durchzuziehen und die Medien zur Hölle zu schicken. Wieder leuchtete sein Gesicht, doch diesmal ließ meine Skepsis keine Begeisterung mehr zu. Natürlich ging es immer so weiter. Seine Tragödie verwandelte sich durch seine Unglaubwürdigkeit in eine Schmierenkomödie.

Aber wir hatten immer ein klares Verhältnis, und nun so etwas. R2 hatte auch nicht übertrieben. Im Pressebericht konnte man aus dem Kommentar entnehmen, daß dieser Lokalmatador der Stadt K. nicht begeistert vom Auftritt des Erzählers Rafik Schami war.

Am nächsten Tag folgte ein Fax von Ewald mit Entschuldigungen und der Mahnung, wir sollten uns von den Medien nicht gegenseitig ausspielen lassen. Ich warf das Fax in den Papierkorb.

Der Zustand von R2 war jedoch bereits besorgniserregend. Eines Abends meldete er sich wieder und sagte, er könne am nächsten Tag nicht die vereinbarte Lesung in Menden halten. Es war nichts zu machen. Er bebte vor Angst am Telefon. Seine Hysterie war nicht gespielt, sondern echt. Er habe einen Traum gehabt, in dem sein Großvater ihn davor gewarnt hatte, nach Menden zu gehen, denn dort würde er sterben.

Jener Großvater hatte bestimmt nie von Menden gehört. Er war ein armer Beduine gewesen, der sein Leben friedlich mit Schafen und Kamelen verbracht hatte und schon seit zwanzig Jahren in einer Oase unter der Erde die Palmen biologisch düngte.

»Lassen Sie Ihren Großvater in Ruhe«, rief ich verzweifelt, »und sagen Sie mir die Wahrheit, nämlich daß Sie aufhören wollen.«

»Um Gottes willen«, erschrak R2 wie ein ertapptes Kind, »nur nicht nach Menden, dann will ich Ihnen bis zum Ende der Tournee im März keine Probleme mehr machen.«

»Okay, aber noch eine Migräne oder ein Durchfall, und Sie sind draußen, haben wir uns verstanden?«

»Ja, in Ordnung«, sagte er, und er tat mir leid. Ich haßte mich für meine Härte, aber sie kam nicht aus mir, sondern wurde von meiner Verzweiflung gezeugt.

Die Veranstaltung mußte unbedingt stattfinden. Ich selbst hatte an jenem Tag einen Aufnahmetermin für ein Hörspiel beim Süddeutschen Rundfunk in Stuttgart. Ich mußte dabeisein. Zwei Doppelgänger kamen für die Vertretung von R2 in Frage: R3 (Salman Attabil) aus Köln und, noch besser, R5 (Gino Bianco) aus Merzig. Beide hatten an dem Tag frei. Ich entschied mich für R5, da er ohnehin der am wenigsten belastete Doppelgänger war. Ich rief ihn an, und er willigte sofort ein, fragte nach Details, und ich faxte ihm alles über die letzte Lesung in Menden.

Am nächsten Morgen meldete er sich aus Menden. Er sei angekommen und hätte bereits den Buchhändler besucht. Dieser habe ihn zum Mittagessen mit nach Hause nehmen wollen, doch er habe abgelehnt. Der Buchhändler habe etwas betreten ausgesehen, aber dann Verständnis gezeigt und ihn zum Hotel gebracht.

Ich war verwundert, daß der Geizkragen R5 eine Einladung zu einem feinen Mittagessen in den Wind schlug. Ich widmete mich meiner Arbeit, nicht ahnend, daß in den nächsten Stunden ein Nervenkrieg sondergleichen ausbrechen sollte, dessen genauen Verlauf ich nur mühselig und Stück für Stück zusammensetzen konnte. Meine Informanten waren: der Buchhändler selbst (spricht nicht gerne), seine Mitarbeiterin Nadia L. (spricht viel, aber nicht über das, was man sie fragt), die Hotelrezeption (spricht nur von sich) und drei arabische Bekannte, die mir den Auftritt von R5 aus der Perspektive des Publikums dargestellt haben (und dabei erzählten sie unabhängig voneinander drei lange, sehr unterschiedliche Geschichten, die sich für drei Romane eignen würden).

Es war mühselig, aus all diesen Berichten ein ungefähres, aber immerhin schlüssiges Gesamtbild des Geschehens zu bekommen, mit dem ich R5 ein paar Tage später konfrontierte. Er verschanzte sich erst hinter dem großartigen Pressebericht, der mir mittlerweile aus Menden zugeschickt worden war. Die Zeitung sprach von einem einmaligen Erlebnis und schmückte den Artikel mit einer Serie von Fotos, die R5 in Aktion zeigten.

»Die Lesung war doch in Ordnung, was wollen Sie noch mehr?« wiederholte R5. Ich aber bestand darauf zu erfahren, was passiert sei, und legte ihm meine Informationen vor. Nun war R5 in die Ecke gedrängt und lieferte mir die fehlenden Steinchen zum Mosaikbild des Geschehens in Menden. Und so mußte sich das Ganze abgespielt haben:

R5 hatte vor der Lesung tagelang Krach mit seiner Frau gehabt, weil sie ihren früheren Beruf – sie war einmal glückliche Kindergärtnerin gewesen, bevor sie diesem griesgrämigen Dichter begegnet war – wieder aufnehmen wollte. Er sah darin einen Angriff auf seine Männlichkeit, und offenbar hatte zwischen beiden auch im Bett nichts mehr geklappt. Er verließ Merzig also schlecht gelaunt, und wie der Zufall es wollte, traf er im Zug eine wunderschöne Frau, die ihn anhimmelte. Erst dachte er, sie bewundere Rafik Schami, und er gestand mir, solche Frauen könne er nicht ausstehen, weil sie nicht ihn, sondern nur seine Hülse mochten (Hülse hat er wirklich gesagt. Unglaublich, nicht wahr? Das hat man davon, wenn man schlechte Dichter als Doppelgänger einsetzt), doch die Schönheit hatte noch nie von Rafik Schami gehört und kein Wörtchen von mir gelesen. Nein, sie sei ihm in einem früheren Leben begegnet, und er wäre ein Ritter gewesen und hätte sie auf einem Schimmel von einer Burg befreit, wo ein impotenter Ritter sie täglich quälte. Mein Gott, früher hieß es: »Ich mag dich«, und jetzt? Die Leute brauchen die Kreuzzüge, um in Stimmung zu kommen. Aber auf Gino wirkte das wie Balsam. Und der Geizkragen verfiel der Frau vollends, als sie ihn ins Zugrestaurant einlud. Beide tranken einen Sekt nach dem anderen, und das auf nüchternen Magen. Seine Gier ließ ihn vergessen, daß ich meinen Doppelgängern ausdrücklich jeden Alkoholgenuß vor den Auftritten verboten hatte. Ich habe in fünfzehn Jahren keinen Tropfen Alkohol vor Lesungen getrunken, weil ich mein Gedächtnis nicht benebeln wollte. Er hatte es vergessen, der Herr Kreuzzügler, der Retter der frustrierten wohlhabenden Frau eines langweiligen Chefarztes.

Ja, sie schreibe auch Gedichte und würde nun auf die große DADA-Ausstellung in Hamburg pfeifen, die sie eigentlich hätte besuchen wollen, und statt dessen mit ihm nach Menden fahren und ein Abenteuer erleben.

Wie sie hieß? Durfte er nicht wissen. Wunderbar, nicht? Er nannte sie Rose (sie hatte Ecos Buch *Der Name der Rose* in ihrer Handtasche), und sie rief ihn »mein Ritter«. Herrlich, und dies alles spielte sich in einem Raucherabteil der Bundesbahn ab.

In Menden angekommen, nahm er sie mit ins Hotel. Die Frau an der Rezeption war etwas erstaunt, als zwei Personen erschienen. Es war ein Einzelzimmer für »mich« bestellt. Aber R5 hatte Glück, er konnte auf ein Doppelzimmer umbuchen und seine Rose beglich die Differenz. R5 schlief eine Runde mit ihr und ging dann zur Buchhandlung. Der Buchhändler merkte zwar die Alkoholfahne und die Kälte, die ihm von meinem Doppelgänger entgegenströmte, aber das war noch nicht schlimm. Er war nur etwas bedrückt, daß »ich« nicht zu ihm wollte. Nun gut, R5 ging zurück ins Hotel, und statt sich vorzubereiten, tobte er sich am Nachmittag mit der Frau aus. Er hatte seit einem Jahr keine Frau mehr im Arm gehalten, gestand er mir später. R5 verstand auch die Großzügigkeit des Buchhändlers absolut falsch. Er war nun die entfesselte Enthaltsamkeit! Furchtbar! Dieser hatte ihm gesagt, er könne sich im Hotel nach Herzenslust bedienen, alles stehe ihm zur Verfügung. Und nun räumte er die Minibar leer. Er trank der Reihe nach Whisky, Rotwein, Bier, mehrere Schnäpse und Liköre. Seine Rose begnügte sich mit Wasser und Limonade. Sie berauschte sich am Sexhunger des Zwangsasketen. Gegen achtzehn Uhr war R5 zu. Vollkommen zu!

Die Lesung war auf zwanzig Uhr angesetzt, und wie immer hatte der Buchhändler einen Termin um achtzehn Uhr dreißig vereinbart, um den Saal zu besichtigen, Mikrofon und Licht zu überprüfen und dann gemeinsam eine Kleinigkeit zu Abend zu essen oder eine Tasse Kaffee zu trinken (ich aß immer nach den Vorträgen, dafür trank ich gerne davor eine oder mehrere Tassen Kaffee).

R5 erschien nicht wie vereinbart. Der Buchhändler wartete bis Viertel vor sieben und rief dann im Hotel an. Die Frau an der Rezeption beunruhigte ihn mit der Nachricht, der Herr Dichter sei da, aber womöglich betrunken, denn er hätte vor einer Stunde noch einen Liter Rotwein bestellt und dabei sehr gelallt. Von seiner Mitarbeiterin Nadia L. begleitet, raste der Buchhändler zum Hotel. R5 war vollkommen betrunken, sprach nur unverständliches Deutsch und nahm nichts mehr wahr. Immer wieder schaute er ihn an, lächelte und fragte: »Wer sind Sie? Kennen wir uns?« Die Schönheit war zutiefst erschrocken, aber auch sie konnte nichts machen. Was tun? Die patente Mitarbeiterin Nadia L. kam auf die Idee, R5 unter die kalte Dusche zu stellen, und in der Tat wurde er mit einem Ruck hellwach, zog sich schnell an und ging mit zum Ratssaal des alten Rathauses, wo die Lesung stattfinden sollte. Dort angekommen, wurde R5 mit seiner geliebten Rose in einen Nebenraum geführt, um sich auszuruhen und soviel Espresso wie möglich zu trinken. Der Buchhändler war am Ende seiner Kraft und raste wie verrückt herum, um alles noch in die Wege zu leiten. Er war nun samt einer Mitarbeiterin durch den besoffenen Gast außer Gefecht gesetzt, und jemand mußte sich um die Eintrittskarten und die reservierten Plätze, um den Büchertisch, um Presse und Persönlichkeiten von Menden kümmern, die den Vortrag anhören wollten.

Und plötzlich schlief R5 ein. Ein Haufen Elend lag da im Sessel und schnarchte.

Es war halb acht. Alle Versuche, R5 wach zu kriegen, scheiterten.

Es wurde kurz vor acht.

Draußen war es eiskalt, und deshalb sagte der Buchhändler dem Publikum, man wolle zehn Minuten warten. Der Autor sei Gott sei Dank da, aber damit keine Zuhörer wegen der Eisglätte oder Parkplatzsuche den Anfang versäumten, sollte man warten. So geschah es auch.

Er ging wieder in den Nebenraum, weckte R5 sehr unsanft, und dieser fuhr erschrocken hoch, redete wirres Zeug auf italienisch und schaut mit angsterfüllten Augen um sich. »Erzählen Sie bloß Rafik Schami nichts davon«, flehte R5, und der Buchhändler verstand die Welt nicht mehr.

Rafik ist vollkommen hinüber, dachte er, der Mann spricht im Delirium.

»Ich will heim, ich will heim«, winselte R5, und der Buchhändler wußte zum ersten Mal seit Gründung seiner Buchhandlung nicht, was er machen sollte.

Doch nun stellte sich Rose breitbeinig vor das Wrack ihres Liebhabers und sprach langsam und deutlich: »Draußen sind über dreihundert Leute, die sich seit Monaten darauf freuen, dich zu hören. Und du spielst hier den Schlappschwanz. Was ist denn los mit dir? Nun, kannst du oder kannst du nicht?«

Ihre letzte Frage war laut und herrisch. Wie ausgewechselt sah R5 erst die Frau und dann den Buchhändler an, aus seinen Augen sprühten Funken. »Wo ist das Publikum? Das fresse ich jetzt ohne einen Schluck Wasser«, sagte er und stürmte hinaus.

Der Buchhändler war kurz vorm Herzinfarkt.

Das Publikum war zurückhaltend und eher steif vor Nervosität, denn irgend jemand hatte ein paar Minuten zuvor, von der Toilette kommend, geflüstert: »Der Autor ist da, aber er hat offenbar Probleme. Er und seine Frau brüllen sich im Nebenraum an.« Doch R5 durchbrach die Reserviertheit des Publikums und erzählte so göttlich und so poetisch, daß die Menschen schon nach zehn Minuten begeistert lachten und träumend Menden verließen, um in die Gassen von Damaskus zu reisen. R5 blickte immer wieder auf seine Schönheit in der ersten Reihe, und diese formte ihre Lippen zu einem innigen Kuß, was ihn zusätzlich anfeuerte.

Er erzählte nicht nur vom großzügigen Buchhändler und dessen Freundschaft, sondern von seinem Glück auf dem Weg zur gesegneten Stadt Menden, wo ihm eine Traumbegegnung widerfahren war, die sein Herz aus der kalten ritterlichen Rüstung befreit und zu neuem Leben erweckt habe. (So umständlich und geschwollen stand es in der Zeitung.)

So wild und so unberechenbar hatten »mich« meine arabischen Bekannten noch nie erlebt. Und der Buchhändler lobte am Ende R5 für seinen Einsatz und war erleichtert, daß die Katastrophe ausgeblieben war.

»Mein altes Leben ist kaputt, heute fange ich mit dieser Rose neu an«, rief er später nach einem kleinen Umtrunk und packte die Schönheit mit der rechten Hand herzhaft am Hintern. Er wollte anschließend keine Sekunde länger mit dem Buchhändler und seinen Mitarbeiterinnen verbringen, sondern ging sofort ins Hotel und genoß die schönste Nacht seines Lebens. Am späten Vormittag des nächsten Tages erschrak er sich fast zu Tode vom Geräusch des Staubsaugers, denn die Putzfrau war bereits vor seiner Tür angekommen. Das macht das Personal vieler Hotels absichtlich. Sie saugen den unsichtbaren Staub an den Türschwellen und stoßen mit dem Staubsauger immer wieder gegen die Tür, bis die Gäste endlich aufwachen, den Lärm nicht mehr ertragen und ihre Zimmer verlassen. Ich habe deshalb das Wort »aufhören« in allen europäischen Sprachen gelernt und damit gegen das Hämmern angebrüllt. In manchen Hotels erlebte ich die Fortsetzung des Terrors im Frühstücksraum. Ich gehe um neun hinunter, das Frühstücksbüffet ist ausgeplündert, und das Personal steht mit unbeteiligten Gesichtern herum. Ich bin schwer von Begriff und will den Wink mit dem Zaunpfahl nicht verstehen, nehme trotzdem ein Häppchen auf den Teller und setze mich irgendwo hin. Der Kaffee ist kalt und schmeckt nach Kunststoff. Meine Mutter nannte solche Brühe »Sockensaft«. Ich sitze noch nicht einmal eine Sekunde, da entfalten auf einmal die gerade noch schläfrigen Bediensteten eine feurige Arbeitsmoral und stellen in Windeseile die Stühle auf die Tische. Eine Frau entschuldigt sich, daß sie mir mit dem Staubsauger zwischen den Beinen herumfährt.

R5 richtete sich also mit seinem Kater auf und suchte seine Rose. Sie war aber nicht mehr da. Ein Zettel klebte am Spiegel des Badezimmers: »Bis zum nächsten Leben, mein Ritter, aber dann bitte kein Dichter sein und nicht so viel trinken« stand darauf.

Das war es. Jetzt saß er in Merzig noch mißtrauischer und noch griesgrämiger herum denn je.

Ich spürte hier zum ersten Mal den Boden unter meinen Füßen schwanken. Und doch gab es immer wieder Erlebnisse, die mich hoffen ließen, daß es vielleicht nur am Anfang schwierig war und die Doppelgänger bald auf der Höhe dieser anspruchsvollen Aufgabe sein würden.

Mitte November rief mich Schadi Malas, R1, an. Er war begeistert und wollte mir seinen Dank aussprechen. Er hatte am Freitag eine Lesung in Burg auf Fehmarn gehabt. Die Lesung hatte in irgendeinem Kulturhaus stattgefunden und war sehr schön gewesen. R1 war aber verärgert über das scheußliche Hotel und obwohl er noch nie auf Fehmarn gewesen war und die Insel wunderschön ist, wollte er bereits am Freitag morgen die Stadt verlassen und nach Berlin zurückkehren. Die Buchhändlerin fragte scheinbar beiläufig beim gemeinsamen Wein, ob meinem Doppelgänger das Hotel gefalle. Als er verneinte, bot sie ihm ihr eigenes Haus für das Wochenende an, weil sie mit ihrem Mann nach Hamburg zu einer Bücherbörse fahren mußte. Sie ermunterte ihn sogar, seine Freundin dazu zu bewegen, nach Fehmarn zu kommen und mit ihm das Wochenende zu verbringen. Schadi Malas rief seine Freundin an, doch die hatte keine Lust, war aber absolut nicht dagegen, daß er das Wochenende auf Fehmarn verbrachte.

Die Buchhändlerin hatte ihm den Kühlschrank so mit Leckereien vollgestopft, als würde am Wochenende eine Hungersnot ausbrechen. Doch R1 zeigte eine für mich ungewöhnliche edle Haltung. Er, der sonst immer alles gierig verschlang, nahm nur einen Imbiß und ließ das meiste stehen. Nur etwas Joghurt und ein Stück Wurst aß er aus Höflichkeit. Und er schloß Freundschaft mit dem Hauskater und mit den glücklichen Schweinen in der Nachbarschaft, die allen Zivilisationsschlägen entkommen waren und sich wie zu Urzeiten gelassen im Schlamm suhlen konnten. R1 schrieb einen bewegenden Abschiedsbrief an die Buchhändlerin und dankte ihr für ihr großes Vertrauen.

Als R1 auflegte, war ich einen Augenblick lang glückselig.

Doch die Glückseligkeit war nur von kurzer Dauer. Mein Doppelgänger R2 hatte sich zu allem Übel erkältet und mußte bei einem Termin in Paderborn vertreten werden. Aladin Ido, R4, konnte den Vortrag gottlob übernehmen.

Der Buchhändler hatte für die Lesung so stark die Werbetrommel gerührt, daß der Raum in der Kulturwerkstatt drei Wochen vor dem Termin ausverkauft war. Aladin Ido sollte um halb acht dort erscheinen, damit Licht und Mikrofon zur Zufriedenheit des Autors eingestellt werden konnten. R4 erzählte mir, wie ihn um Haaresbreite ein Unfall das Leben gekostet hätte. Er erwähnte den Unfall nur nebenbei, im Nebensatz zu seiner begeisterten Beschreibung des Luxushotels, in dem ihn der Buchhändler einquartiert hatte. Dort saß er genüßlich und schwärmte von dem Maler, der die Wände im Schwimmbad des Hotels so raffiniert bemalt hatte, daß der durchs Fenster sichtbare Himmel von Paderborn Teil des Gemäldes wurde.

»Was für ein Unfall?« unterbrach ich seine Schwärmerei.

»Eine Riesenbox, ein Lautsprecher von etwa vierzig Kilo, löste sich aus der Verankerung und stürzte vier Meter in die Tiefe, haarscharf an mir vorbei, und bohrte ein zwanzig Zentimeter tiefes Loch in den Boden der Bühne, zehn Zentimeter von meiner Fußspitze entfernt, während ich am Mikrofon Sprechproben machte. Die Verankerung war verrostet, und die Leute von der Kulturwerkstatt waren entsetzt. Aber das war doch nicht so tragisch. Wir haben das Loch dann mit einem Brett zugenagelt, und um Punkt acht ging die Lesung los. Ein herrliches Publikum. Haben Sie die Nachrichten gehört? Draußen tobte ein Orkan und trotzdem kamen massenhaft Leute zur Lesung«, erzählte R4 begeistert. Ich bewunderte seine Gelassenheit.

Eine Stunde später rief R2 bei mir an. Er war außer sich. »Das war ein Anschlag«, sagte er fast atemlos.

»Was für ein Anschlag? Es war ein Unfall, und das kann in jedem Haushalt passieren«, brüllte ich in den Hörer. Er war nicht davon abzubringen, daß man den Anschlag gegen ihn vorbereitet und nur aus Zufall beinahe den armen Aladin Ido erwischt hätte.

Als ich auflegte, war ich am Ende meiner Kräfte. Die Freude über das Glück, das Aladin Ido nichts passiert war, war längst verflogen.

Ansonsten verlief der November ohne besondere Vorkommnisse.

Vom Gesang aus der Wunde im falschen Duett

Eines Tages meldete sich Schadi Malas, R1. Er wollte wissen, wie er sich verhalten sollte. Gerade sei er in Mölln angekommen, wo eine Initiative eine Lesung vereinbart habe, und nun sei er im Hotel. Der Bibliothekar frage, ob es nicht möglich sei, als Einleitung einem jungen Musiker zu erlauben, ein paar Takte zu spielen. R1 habe versprochen, darüber nachzudenken und sich in einer halben Stunde wieder zu melden.

Ich riet ihm entschieden ab. Es ist etwas anderes, wenn Dichter oder Erzähler mit Musikern zusammenarbeiten und einen literarisch-musikalischen Abend gestalten. Aber diese plötzlichen Einfälle mit einer unvorbereiteten musikalischen Einleitung führen in der Regel zu einer Katastrophe mittleren Ausmaßes.

Ich erinnerte mich daran, wie ich einmal arglos auf das Angebot einer Bibliothekarin in einer kleinen Stadt nahe bei Stuttgart eingegangen war. Ein junger arabischer Musiker sollte »ein paar Takte zur Eröffnung spielen«, hieß es. Und ich gab, eher verlegen als begeistert, mein Ja, aber ich war erfahren genug, der Antwort den rettenden Satz hinzuzufügen: »Aber ich bin für den Musiker nicht verantwortlich. Sie müssen dafür sorgen, daß er wieder von der Bühne abgeht.«

Der Saal war voll besetzt, und der junge Künstler freute sich dermaßen darüber, daß er die Bühne nicht mehr verlassen wollte. Bei jedem Stück bedankte er sich für den Beifall und fügte, ohne in unsere Richtung zu schauen, hinzu: »Und als Zugabe spiele ich Ihnen das Stück Soundso. Dieses Stück, meine Damen und Herren, hat eine lustige Geschichte. Als der berühmte Dichter Samih Alkassem ...«

Und der Musiker erzählte in einem miserablen Deutsch

eine ellenlange Geschichte, die weder lustig war noch in irgendeinem Zusammenhang mit den Klängen stand, die nun folgten. Die Bibliothekarin konnte es nicht fassen. »Was mache ich jetzt?« fragte sie sich halblaut. Ich konnte nur wiederholen, daß ich als Künstler nicht fähig sei, einen anderen Künstler von der Bühne herunterzuholen. Sie als Veranstalterin müsse das jedoch tun, weil der Mann sein Wort gebrochen habe und das Publikum gefangenhielt.

»Aber sie klatschen doch«, sagte sie zornig.

»Ja, was sollen die Armen denn tun? Ihn vielleicht lynchen?«

Die Zuhörer schielten immer wieder hilflos zu uns herüber und wußten nicht, wo Gastfreundschaft aufhört und Beleidigung anfängt.

Statt der versprochenen fünf bis zehn Minuten spielte der Musiker fast eine Stunde und entschuldigte sich dann auch noch heuchlerisch, als er schließlich die Bühne freigab. Der Zeitplan war dahin und auch das Publikum, das in einem viel zu kleinen Raum eingepfercht war.

Ich bat um eine Pause, man sollte lüften, und es hagelte Schimpftiraden auf die Veranstalter. Nach der inneren und äußeren Belüftung erzählte ich eine kurze Geschichte. Schon war es zehn Uhr. Der Musiker aber blieb nicht einmal fünf Minuten bei meiner Lesung.

Das also war meine Erfahrung, und deshalb reagierte ich später einmal weniger begeistert, als eine Buchhändlerin in Freiburg mir anbot, in meiner Lesung einen palästinensischen Lautenspieler »nur ein paar Takte als Einleitung« spielen zu lassen. Ich wiederholte wie ein Papagei der Frau am Telefon, daß sie die Verantwortung für den Abgang des Künstlers trage.

Doch der Musiker war ein sensibler, sympathischer und schüchterner Mann, der in der Tat nur ein paar wunderschöne Klänge arabischer Musik vortrug. Deshalb bat ich ihn, nach der Pause auch den zweiten Teil der Lesung mit seiner Laute einzuleiten.

Diese Lesung sollte mich mit ihrem positiven Verlauf noch zu mehreren Reinfällen verführen, bis ich nach einer von einem Ziehharmonikaspieler verpatzten Lesung in Krefeld schwor, nie wieder einem Musiker zu erlauben, meinen bis zum letzten Komma erarbeiteten und vorbereiteten Auftritt durcheinanderzubringen.

Das alles erzählte ich Schadi Malas. Er lachte zwar, doch ich spürte Trauer in seiner Stimme, und irgendein Wort zu der bevorstehenden Lesung ließ mich aufhorchen. »Hoffentlich geht es bald vorüber«, stöhnte er, gefolgt von einem Seufzer, dessen Hitze mein Ohr fast ansengte.

»Was ist denn los? Warum stöhnen Sie?«

Nur zögernd kam die Antwort. Seine Freundin, eine hübsche Krankenschwester, hatte ihn vor drei Tagen verlassen. Sie sei zu einem Fotografen gezogen, der aus ihr ein Model machen wollte. Und ungefragt erzählte mir Schadi, wie er dahintergekommen war. Er hatte am Abend eine Lesung in Kiel und sei im Hotel gewesen, als seine Freundin ihn anrief und alles Gute wünschte. Er habe sich zwar über den Grund ihres Anrufes gewundert, aber sie beruhigte ihn mit den Worten, sie habe gerade eine Schulkameradin getroffen, mit der sie die Nacht durchfeiern wollte. »Aber plötzlich hörte ich das Quietschen der Räder einer Straßenbahn im Hintergrund«, erzählte er, »und ich fragte, nicht einmal mit einem Hintergedanken: ›Von wo aus rufst du an?‹

›Von zu Hause. Warum?‹ kam ihre Antwort etwas verwundert.

›Bist du sicher?‹ fragte ich, und irgend etwas sagte mir, daß sie log.

›Sei doch nicht kindisch. Ich bin zu Hause und gehe in einer Stunde weg‹, erwiderte sie. Ich mußte zur Lesung, doch ein paar Schritte vom Hotel entfernt rief ich von einer Telefonzelle aus an. Sonja war natürlich nicht zu Hause. Ich kann Ihnen meine Verzweiflung in jenem Augenblick nicht beschreiben. Dieselbe Verzweiflung und Verwunderung über ihre Ablehnung, nach Fehmarn zu kommen. Erinnern Sie sich an das Wochenende, das ich auf Fehmarn verbracht habe?«

»Natürlich. Damals wollte sie nicht kommen«, erwiderte ich.

»Ja eben, und man hat ein flaues Gefühl im Magen und weiß schon, was los ist, aber man sträubt sich dagegen. Auf Fehmarn, das habe ich Ihnen nicht erzählt, bin ich am Samstag am Meer spazierengegangen. Es war ein wunderschöner Sonnenuntergang und ich fing an zu weinen. Plötzlich wußte ich, daß sie mich nicht mehr liebte. Ein Augenblick lang war ich ein Prophet. Ich wußte, daß sie nicht mich, sondern die Ferne, die Exotik geliebt hat, die ich mit jeder Bewegung, mit jedem Wort, das mit Akzent beladen aus meinem Mund kam, für sie bedeutete. Und ich? Habe ich sie geliebt? In jenem Augenblick am Meer wußte ich, daß ich auch nicht sie, sondern ihre Nähe, ihre Ruhe brauchte. Mit der Zeit aber verlor mein Fremdsein seine Exotik. Sie entdeckte, daß ich genauso schlecht gelaunt, unwillig, schläfrig und unausstehlich sein kann wie jene deutschen Spießer, vor denen sie geflüchtet war.

Wie dem auch sei – ich bat den Buchhändler in Kiel um Verständnis, daß ich die Lesung am Stück – das heißt ohne Pause – durchziehen, dann ausgiebig signieren, aber anschließend sofort weiterfahren würde, da ich wegen einer Familienangelegenheit dringend nach Berlin müsse.

Ich kam um vier Uhr morgens an, und sie war nicht da. Die Wohnung war eiskalt, die Blumentöpfe ausgetrocknet. Ich war seit fast einer Woche unterwegs gewesen, und jetzt wollte ich am liebsten sterben, weil ich in diesem Augenblick die Wahrheit wußte«, sagte R1 mit trockener Kehle. »Sonja kam erst am Mittag zurück. Sie rechnete natürlich damit, daß ich in Kiel schlafen und erst morgens losfahren würde. Sie gab auch ohne Umschweife zu, daß sie seit einem Monat einen Liebhaber, eben den Fotografen, hatte. Er sei verheiratet und wolle nun wegen Sonja seine Frau verlassen. Besonders schmerzte es mich, daß sie aus seinem Fotoatelier angerufen hatte, das an einer Straßenbahnhaltestelle lag, und er hatte neben ihr gestanden.

In diesem Augenblick, in dieser einen Sekunde gingen Dinge durch meinen Kopf, die kann ich Ihnen nicht erzählen. Ich schrie herum und zerschlug verschiedene Gegenstände. Aber Sonja faßte ich nicht an. Sie schaute mir ängstlich zu und verließ dann fluchtartig das Haus. Seitdem ist sie bei ihm, und ich fahre von Ort zu Ort und unterhalte die Leute.«

Ich fühlte selten so tiefes Mitleid mit einem Menschen wie mit diesem Schadi Malas, denn eine ähnliche Geschichte hatte auch ich in meinen Anfängen durchlebt. Damals war auch ich unterwegs und hatte nicht die Möglichkeit nachzudenken. Ich mußte vom Glück der Liebe erzählen und freundlich sein, und in jenen Nächten beneidete ich alle Menschen der Erde, die sich in irgendeine Tätigkeit oder in eine Leere vertiefen können, um über das Scheitern ihrer Liebe nachzudenken. Ich trat damals in Darmstadt, Berlin und Stuttgart auf. Das schlimmste aber war ein Kulturabend in München mit ausländischen Musikern, Tänzern, drei Lyrikern und einer Erzählerin, den ich moderieren sollte, obwohl ich diese lähmende Traurigkeit im Herzen trug. Zweitausend Zuschauer waren erschienen. Den besten Einfall hatte eine griechische Kollegin: Zum Abschied warfen alle Künstler von der Bühne aus dem Publikum Knoblauchzehen als Souvenir zu. Das kam wunderbar an. Und ich konnte endlich lachen. Doch schon kurz darauf im Hotel mußte ich wieder allein meine Wunde lecken.

Das erzählte ich meinem Doppelgänger und tröstete ihn mit der Trostlosigkeit der verlorenen Liebe. Er hörte mir aufmerksam zu und meinte am Ende: »Wir sind verschieden. Ich begrabe meine Trauer gerne am Busen anderer Frauen. Und ich habe das Gefühl, den Busen kommt mein Jammer zugute. Sie werden prall wie die einer stillenden

Mutter. Das ist besser als Silikon. Seitdem gehe ich keine Nacht allein ins Bett, und ich belüge sie alle und spiele den temperamentvollen lustigen Araber, der aber gleichzeitig bemuttert werden will. Nichts auf der Welt lieben Frauen so sehr wie einen potenten Clown, der dreimal am Tag Baby spielen kann.«

»Gott schütze uns alle vor den Eskapaden Ihrer wild gewordenen verletzten Eitelkeit«, rief ich entsetzt. Denn ich ahnte bereits, wie viele Wunden dieser verwundete Mann zurücklassen würde. Er lachte.

»Ich gebe Aids keine Chance, Boß«, rief er mir nun wieder fröhlich zu.

»Sie stülpen ja die Präservative über das falsche Organ, über Ihr Herz, und …«

»Eben, mein Herz will ich gegen jede leichtsinnige Liebe schützen«, unterbrach er mich lachend. Ich war bei aller Sorge etwas erleichtert, daß er wieder ein wenig aufgeheitert wirkte.

Schadi Malas, R1, ist ein merkwürdiger Syrer aus Daraia, einer kleinen Stadt in der Nähe von Damaskus, die für ihre Trauben berühmt war. Er hatte Germanistik und Philosophie studiert und zeigte mir zwei Hefte mit Abhandlungen über Hegel und Heine, die er auch ins Arabische übersetzt hatte, aber nie veröffentlichen konnte.

Nach Erlangen des Magistergrades wollte er nach Damaskus zurückkehren, aber er legte sich mit einem anderen Syrer an, und dieser denunzierte ihn bei den syrischen Behörden. Schadi, so der Spitzel, sei ein besonders schlaues Mitglied der verbotenen Muslimbruderschaft, der sich zwar mit Hegel und Marx tarne, täglich aber seine fünf Gebete absolviere und den Ramadan immer einhalte. Aus war der Traum, nach Syrien zurückzukehren. Das war 1982. Damals kämpften die Moslembrüder mit Bomben und Mord gegen die Regierung in Damaskus, und die Regierung reagierte erbarmungslos. Es reichte eine Anzeige, und man wurde verdächtigt, wenn nicht gar verhaftet. Es war der Anfang eines seitens der Islamisten geplanten Bürgerkrieges, den die Regierung aber mit aller Härte im Keim ersticken konnte.

Schadi Malas war nie in einer Partei gewesen und nicht sonderlich religiös. Das Scheitern seiner akademischen Laufbahn zwang ihn, sein Glück in einem freien Beruf zu versuchen, um so schnell wie möglich viel Geld zu verdienen. Er träumte von einer Öffnung des deutschen Marktes für arabische Produkte und wollte in Berlin ein großes Wirtschafts- und Kulturzentrum aufbauen. Er versuchte, arabische Unternehmen von der Zukunft Berlins zu überzeugen, doch die reichen Araber wollten von Deutschland nichts wissen. »Sie blieben ihrer Kolonialmutter treu und investierten lieber Milliarden in die marode englische Wirtschaft oder in den blödsinnigen Tunnel im Ärmelkanal«, schilderte er mir verbittert seine Enttäuschung. Kurz und gut – er gab nicht auf und gründete ein Übersetzungsbüro, eine kleine Druckerei für arabische Schriften und den Daraia Verlag in Berlin. Das Ganze war in einem kleinen Zimmer über einem Restaurant untergebracht, das er gepachtet hatte, um Geld für seine Pläne zu beschaffen. Nach zwei Jahren gab er das Restaurant hoch verschuldet wieder auf. Seine Frau, eine Spanierin, verließ ihn verzweifelt und zog nach Madrid, wo sie als Lehrerin arbeitete. Als ich ihn kennenlernte, lebte er in Kreuzberg mit jener hübschen Krankenschwester, die ihn dann so überstürzt mit einem Fotografen verlassen sollte.

Seine Sprache war die beste aller Doppelgänger, seine Mimik und Gestik meisterhaft. Und ich muß sagen, Schadi war der Doppelgänger, der mir am wenigsten Sorgen gemacht hat, da er nach der herben Niederlage in der ersten Ehe und in seinem Unternehmen nur noch für den Tag leben wollte und keinen falschen Ehrgeiz an den Tag legte. Dazu war er der einzige meiner Truppe, den man ohne Übertreibung einen begnadeten Schauspieler nennen konnte. Schade, daß er nie von einem Regisseur entdeckt wurde. Er konnte beim Essen mit zwei Bierdeckeln, zwei Gabeln, zwei Gläsern und einer Flasche ein Theaterstück aufführen, so meisterhaft, daß ich damals bei ihm in Berlin Tränen lachte.

Doch er war unendlich gierig. Seine Gier verdarb sein Talent. Als sollte er am nächsten Morgen sterben, war er hungrig nach Leben. Das sollte ihm später noch schlecht bekommen.

Wie lange ich so in meine Gedanken versunken dasaß, weiß ich heute nicht mehr. Das Telefon klingelte mich in die Gegenwart zurück. Es war Aqil Maisun, R2, aus Hannover. Er könne am nächsten Tag nicht nach Celle fahren, auf keinen Fall. Er habe Angst, denn er kriege dauernd Drohanrufe, und der Anschlag von Paderborn, bei dem R4 fast erschlagen wurde, lasse ihn nicht mehr schlafen.

»Warum? Waren die Buchhändler der letzten Tage unfreundlich zu Ihnen? Hat ...«

»Um Gottes willen, Sie haben mich wie einen Familienfreund behandelt«, unterbrach er mich, »und der Bremer Buchhändler lud mich sogar zu einem kleinen Imbiß nach Hause ein, aber ...«

»Was aber?« fragte ich ungeduldig.

»Ich fuhr von Bremen auf die Autobahn Richtung Hannover. Da ich kaum noch Benzin hatte, steuerte ich eine Raststätte nahe bei Daverden an. An der Tankstelle umzingelten Skins einen deutschen Journalisten aus Berlin, den sie offenbar schon seit einer Weile verfolgt hatten, und schlugen ihn vor den Augen der zu Tode erschrockenen Zuschauer krankenhausreif. Ich versteckte mich im Auto. Später erfuhren wir, daß der Journalist am Vorabend irgendwo in Bremen einen Vortrag über Skinheads gehalten hatte. Das mochten die offenbar nicht. Sie lauerten ihm vorm Hotel auf. Er entkam ihnen in die Stadt, aber sie müssen gewußt haben, daß er nach Hannover weiterreisen wollte. Und so nahmen sie seine Spur auf. Können Sie mir bitte sagen, wie die Skins das Hotel und die Route herausgekriegt haben? Können Sie mir sagen, wie die Deutschen mich schützen wollen, wenn sie nicht einmal einem Deutschen zu Hilfe eilen?« fragte R2 fast heiser. Seine Stimme bebte. Er spielte nicht, er hatte einen regelrechten Verfolgungswahn und sah tatsächlich in jedem Deutschen einen getarnten Skinhead.

In diesem Moment wurde mir klar, daß ich in der nächsten Saison ohne ihn auskommen mußte. Aqil Maisun war am Ende.

Ich verglich die Zeitpläne meiner Doppelgänger. R1 und R3 hatten am nächsten Tag frei, und da R1 gerade eine Krise durchmachte, wollte ich ihn schonen und rief deshalb Salman Attabil, R3, an. Er war frei, hatte in Köln an besagtem Tag nichts zu tun und versprach, sein Bestes zu geben. Ich faxte ihm Fotos und die notwendigen Informationen zur Lesung. Die Lesung war sehr gut besucht, obwohl die eisige Kälte (-15°C) die Straßen in glatte Spiegel verwandelt hatte. Ich muß sagen, ich bewundere die Deutschen. Welch ein zivilisiertes Volk, das keine Kälte und keine langen Wege vor dem Besuch eines Opernabends, einer Lesung oder einer Musikveranstaltung scheut. Ich würde bei einer solchen Kälte nicht einmal das Haus verlassen, wenn Jesus Christus persönlich in einer Volkshochschule von seiner Erfahrung bei der Himmelfahrt erzählen würde. Bei minus zehn Grad erfriert bei einem Araber jede Neigung zur Kultur. Die Orangen und Palmen sterben bereits bei diesem Kältegrad.

Der Buchhändler aus Celle rief mich am Wochenende nach der Lesung an. »Ehrlich gesagt«, eröffnete er mir ohne Umschweife, »ich mache mir Sorgen um dich. Wann können wir uns sehen und uns in aller Ruhe aussprechen? Du weißt doch, du bist hier jederzeit willkommen.«

Ich verstand nicht, was der Mann sagen wollte, und fing äußerst vorsichtig an, den Grund seiner Sorge zu erforschen. Ich kam mir vor wie ein Bombenentschärfer.

Er war mit dem Lesungsverlauf und dem Buchverkauf

äußerst zufrieden. Das also war es nicht, weshalb er sich Sorgen machte. Anders als bei R5 hatte ich bei Salman Attabil auch keine Sorge wegen Trunkenheit. Frauengeschichten? Nein, das wäre bei R4 und inzwischen auch bei R1 möglich gewesen, aber deswegen hätte sich der Buchhändler auch keine übertriebenen Gedanken gemacht. Nein, es ging um etwas anderes, aber was?

»Die Lesung war ganz nett«, sagte er schließlich, als ich den richtigen Knoten gelöst hatte, »obwohl deine Stimme durch deinen schwer gewordenen Atem etwas gelitten hat.«

Das war es also. Mein Gesundheitszustand gab ihm zu denken. »Mensch, da bin ich beruhigt«, sagte ich und atmete erleichtert auf, was den Buchhändler verwirrte. Ich müsse aufpassen, daß ich nicht an Herzverfettung erkranke, ermahnte er mich und zählte mir sämtliche Bekannte und Freunde auf, die im jüngsten Alter wegen Übergewicht an Herzversagen gestorben waren.

»Du hast recht«, antwortete ich und beendete das Gespräch mit dem Versprechen, sobald wie möglich abzunehmen. Ich wußte nun, daß Salman Attabil wieder aus allen Nähten zu platzen drohte. Ich rief ihn an und fragte nach dem Grund.

»Pizza und Cola, genau wie bei Elvis«, meinte er und röchelte asthmatisch ins Telefon.

»Und wieviel wiegen Sie zur Zeit?«

»Gestern verstummte die Waage«, sagte er, eine Antwort, die er mir immer gab, wenn er mehr als 120 Kilo wog. Seine Waage war nämlich nur bis 120 Kilo geeicht. »Aber was erwarten Sie von einem solchen Leben zwischen Hotel, Pizza, Cola und Würstchen an der Autobahnraststätte? Wenn die Tournee zu Ende ist, mache ich eine Diät. Eigentlich müßten Sie mir einen Kuraufenthalt zahlen!«

Der Dezember verlief ruhig und fast feierlich, auch Aqil Maisun, R2, fing sich etwas, in Vorfreude auf den Urlaub bei seiner Familie in Israel. Er hatte sie jahrelang wegen

Geldmangel nicht besuchen können. Siebenundzwanzig Köpfe zählten seine Geschwister, die sein Vater mit drei Frauen gezeugt hatte, und er wollte, wie es in Arabien üblich ist, allen Geschenke mitbringen, obwohl es den Besucher ruinieren kann.

Die Post schwoll zu einer Lawine an. Frau Schmitt mußte eine Auswahl treffen und die nichtssagenden Briefe einfach ignorieren. Bis zu vierzig Briefe am Tag beantwortete sie. Ich übernahm weiterhin die Liebesbriefe, etwa fünf in der Woche, die zum größten Teil an Aladin Ido, R4, gerichtet waren.

Aladin Ido war verheiratet und hatte vier Kinder. Seine deutsche Frau hatte längst den Stand der bürgerlichen Rechte verlassen und lebte wie die Sklavin eines schönen Paschas. Er war in der Tat der schönste aller meiner Doppelgänger. Leider wußte er das, und mir schien, daß er seinen Kopf nur auf den Schultern trug, um Frauen zu verführen. Und wie er das machte! In der Tat unwiderstehlich, mit Pathos und geschliffenen Worten, die Frauen von heute außer im Film nie gehört hatten.

In jedem Café der Stadt Weimar war er bekannt, und dort stellte er mich als seinen braven Zwillingsbruder vor, der als Dozent an der Universität Heidelberg Mathematik lehrte. Aladin Ido besaß wie jeder gescheiterte Ausländer ein Import/Export-Büro und einen Lebensmittelladen, der aber kaum die Miete und den Lohn des Laufburschen einbrachte, der ihn auch noch nach Strich und Faden betrog. Man durfte mit Aladin Ido über alles reden, nur nicht über den Laden, denn dann verwandelte er sich in einen jammernden Krämer. Und warum er den Laden mitsamt dem diebischen Mitarbeiter nicht zum Teufel schickte, blieb sein Geheimnis. Wahrscheinlich sind wir alle Masochisten, und jeder pflegt sein eigenes Folterinstrument.

R4 hielt sich für einen scharfzüngigen Essayisten. Er zeigte mir nach einer langen pathetischen Einleitung vergilbte Hefte aus seiner Studienzeit, die er als Oppositioneller während des Schahregimes geschrieben hatte.

Meinem Gefühl folgend, hatte ich bei der Vorbereitung zur Reise nur mit ihm ausführlich über die moralische Verpflichtung gesprochen, die Hände von Buchhändlerinnen und Bibliothekarinnen zu lassen. Ich kam mir damals reichlich lächerlich vor, als er am Ende meiner Predigt »Ja, Papa« sagte.

Aber wir lachten viel. Er war der geborene großzügige Charmeur und Gourmet, und wie sollten die Frauen nicht auf ihn fliegen?

Mein Gefühl täuschte sich weniger als mein Verstand. Er war ein hemmungsloser Schürzenjäger, dessen Ruf bis zu meinem Schreibtisch schallte. Ich lächelte amüsiert, wenn Buchhändler mir am Telefon belustigt berichteten, daß die Rezeption in den Hotels, wo »ich« übernachtet hatte, über »mich« gejammert habe, da »ich« bis in die Morgenstunden hofgehalten, Frauen empfangen und verabschiedet habe und »mir« nichts aus den Mahnungen der deutschen Hotelbestimmungen gemacht hätte. Die Mehrheit der Buchhändler teilte mir das amüsiert und humorvoll mit. Nur einer zog zwanzig Mark vom Honorar für das Frühstück »meiner« Begleiterin ab, »da dies im Vertrag nicht vorgesehen war«, so sagte mir der reiche Geizkragen am Telefon.

Aladin Ido erfuhr nie etwas davon. Er machte seine Arbeit hervorragend, und ich gönnte ihm seine Liebesabenteuer.

Immer mehr aber wurde meine Aufmerksamkeit auf eine hartnäckige Angela S. aus Leipzig gelenkt. Ihre Briefe kamen bald täglich. Ich leitete sie weiter an den Casanova in Weimar (er hatte ein geheimes Postfach und bekam neunzig Prozent der Liebesbriefe. Ca. fünf Prozent erhielt R7, und die anderen fünf Prozent teilten sich R1, Tendenz nach der Trennung zunehmend, R2 und R6. Salman Attabil, R3, und Gino Bianco, R5, gingen leer aus).

Mich beunruhigte der ernste Ton der Angela S., und ihr

Leid bereitete mir zunehmend Sorge. Sie war nicht abzuschrecken, weder mit den oberflächlichen und kalten Absagen noch mit schwererem Kaliber:

Liebe Angela, die Zeit mit Dir war herrlich, aber eine feste Bindung ist für mich tödlich. Suche lieber einen anderen Partner und behalte mich in Erinnerung.

Mit freundlichen Grüßen.

Sie wollte nur ihm gehören, unter jeder Bedingung, die er stellte. Er blieb ungerührt und bewältigte alles mit einer beneidenswerten Eleganz. Ich warnte ihn davor, mit ihr zu spielen, denn der Frau war es ernst. Er aber lachte mich wie immer mit dem Satz »Ja, Papa, wird gemacht, Papa« aus und trieb sein Spiel weiter. Er traf sie heimlich und erzählte mir später, daß er sich bei solchen Begegnungen wie ein Schwein verhalte, damit er sie anekle, doch sie himmelte ihn um so mehr an, je mehr er sie demütigte.

Und dann? »Was, und dann?« fragte er mich erschrocken.

»Und dann sind Sie mit ihr ins Bett gegangen, oder nicht?«

Schweigen am anderen Ende. Absolute Stille.

Ich kannte einen erfolglosen Maler aus Mannheim, der nie einer Frau die Treue halten konnte. Immer hat er genau diejenige geschwängert, die er (oder die ihn) gerade verlassen hatte. Immer bei einem letzten Treffen will er seiner Ehemaligen alle erdenklichen Unfreundlichkeiten an den Kopf geworfen haben, angeblich damit sie ihn vergessen sollte. Und immer, wenn er mir sagte, er treffe eine Frau zum allerletzten Gespräch, wußte ich, daß jemand in jener Nacht schwanger werden würde. Offenbar springen in diesen merkwürdigen, tragischen Augenblicken Eier aus den Ovarien und lauern auf einen Schweinehund, der schwimmend auf sie zusteuert. Fünf Kinder hatte der Mann damals von fünf verschiedenen Frauen, die alle nicht mit ihm leben wollten. Genau diese Geschichte habe ich dem Schönling aus Persien erzählt.

Ich hörte keinen Mucks mehr.

Der Januar verging mit Schnee und Glätte. Drei meiner Doppelgänger, R1, R7 und R6, hatten Autounfälle, aber Gott sei Dank nur mit Blechschaden. Und R2? Er war nun nach seinem Weihnachtsurlaub in Israel wieder stolz auf seine Familie und zuversichtlicher denn je. Er hörte auf meine Ermahnung, nicht mehr an Überfälle zu denken, denn oft macht die Angst der Menschen den feigsten Hund zum Beißer.

Salman Attabil blieb chaotisch. Er brach fast zusammen unter den vielen Terminen.

Aber, wie gesagt, der Januar ging friedlich zu Ende. Doch der Februar begann mit einer Hiobsbotschaft: Angela S. hatte sich im Januar immer wieder brieflich gemeldet und sich über *meine* Kälte beschwert. Sie schwor dem Doppelgänger R4, daß sie ihm für immer und ewig treu bleiben wolle und dafür nicht einmal Treue von ihm verlange. Liebe kann wie Haß zur Selbsterniedrigung führen. Er reagierte widerwärtig ablehnend, und dann kam am 2. Februar ein Brief von ihr, in dem sie schrieb, daß sie schwanger sei. Ich will, schrieb sie, das Kind, die Frucht unserer unvergeßlichen Nacht unter dem Apfelbaum, austragen. Wie sollte man hier vorgehen?

Obwohl eine optimale Lösung nicht in Sicht war, beschloß ich, zu handeln und die Sache nicht durch die ganze Tournee mitzuschleifen. Ich rief R4 an, und obwohl Aladin Ido genau wußte, was kommen würde, gab er sich betont fröhlich.

»Es fehlt nur noch, daß Sie auf Bäumen Kinder zeugen«, sagte ich zynisch.

»Was für Bäume?« fragte er etwas überrascht.

»Angela bekommt ein Kind von Ihnen, das Sie mit ihr unter einem Apfelbaum gezeugt haben, und das müssen Sie verantworten.« Er ließ kein gutes Haar an Angela. Sie solle erst einmal beweisen, schrie er, daß das Kind von ihm sei, sie habe gleichzeitig drei intime Verhältnisse zu verheirateten Männern gehabt, und er könne gar keine Kinder zeugen.

»Wie können Sie so sicher sein, daß Sie keine Kinder zeugen können? Sie haben doch bereits welche«, sagte ich verblüfft.

»Ich habe acht Kinder«, sagte er bescheiden, »vier davon sind ehelich. Und weil ich als junger Mann dauernd irgendeine Frau zur Mutter gemacht habe, ließ ich mich vor fünf Jahren sterilisieren. Wollen Sie die Bescheinigung meiner Unfruchtbarkeit sehen? Es ist kein Witz, ich habe ein amtliches Dokument.«

Und die Frechheit nahm wieder Platz auf seiner Zunge, schlug die Beine übereinander und wippte mit dem Fuß vor meiner Nase am Telefon herum.

»Dann fahren Sie gefälligst an einem Ihrer nächsten freien Tage zu Angela, aber bitte mit dem Unfruchtbarkeitsschein. Ich will meine Ruhe haben. Ich bin Autor und nicht Berater von Pro familia«, murmelte ich.

»Übermorgen habe ich frei. Ich fahre zu ihr, und Sie sollten sich beruhigen, Papa«, lachte er.

Und beinahe hätte ich diesen Gauner bewundert.

Von diesem Tag an meldete sich Angela nicht mehr.

Nach diesem Gespräch mit dem Weimarer Casanova kehrte wieder Ruhe in mein Leben ein, ich arbeitete fleißig und war wieder beschwingt. Ich sagte mir jede Nacht vor dem Einschlafen: Das ist die erste Tournee, und wir lernen alle aus unseren Fehlern, die zweite wird bestimmt ruhiger verlaufen. Außerdem scheinen die Fehler nur deshalb so häufig aufzutreten, weil die Doppelgänger in einem Monat so viele Vorträge halten wie ich in einem Jahr und andere Autoren im ganzen Leben nicht gehalten haben. Also, die Dramatik täuscht. Der Frieden schien meine Hoffnung zu erfüllen.

Leider war der Frieden wie so oft im Leben nur ein Waffenstillstand.

Mein Doppelgänger Christos Papadopulos, R6, war für Baden-Württemberg zuständig. R6 war Grieche und lebte mit einer Griechin und fünf Kindern in Freiburg. Er sprach sehr gut Deutsch und war der geborene Diplomat. Literarisch war er der erfahrenste Mann unter meinen Doppelgängern. Er hatte drei Romane und fast dreißig Erzählungen geschrieben, doch nur eine kurze Geschichte in einer miserablen Ausländeranthologie veröffentlichen können.

R6 hatte jedoch als mündlicher Erzähler eine Schwierigkeit: Sein Gedächtnis war nicht sein bestes Stück. Er überwand die Löcher geschickt mit kleinen erfundenen Geschichten, was ungeheuer originell wirkte. Er war in der griechischen Mythologie bewandert und konnte sehr elegant einiges daraus einflechten, doch bisweilen paßten seine Mischungen nicht mit meinen Romanen zusammen.

R6 hatte nach einem gescheiterten Studium durch den Handel mit griechischen Spezialitäten große Schulden gemacht. Seine Frau, eine witzige gute Seele, die als technische Assistentin in einer großen Chemiefabrik in Basel arbeitete, freute sich wie ein Kind über meine Idee, ihren Mann als Doppelgänger zu beschäftigen. Sie war übrigens die einzige Frau, die am Geschehen aktiv teilnahm.

Das Allerkurioseste aber war, daß Papadopulos Arabisch gelernt hatte, weil er oft Waren aus dem Libanon oder Ägypten importierte. Doch wie alles, was dieser Mann in die Hand nahm: Sein Arabisch war hastig gelernt und voller Fehler.

Ich rief R 6 an und mahnte ihn eindringlich, sich bei der Lesung in Tübingen besondere Mühe zu geben, da viele arabische Freunde von mir dort leben. Er sollte ihnen höflich aus dem Weg gehen. Und immer wieder, egal was ein Araber sagen sollte, mit Schukran Achi, »Danke, Bruder«, antworten, weil alle mich mit jedem zweiten Satz zu sich nach Hause einladen wollten.

Nun, die arabischen Freunde in Tübingen merkten nichts. Nur ein freundlicher Iraker schrieb mir eine Karte, daß er es komisch fand, wie ich, wenn er auf die arabischen Diktaturen schimpfte, mehrmals »Danke, Bruder« auf arabisch und »Ich habe Migräne« auf deutsch gesagt hatte. Die böse Überraschung aber kam drei Tage später.

Am Samstag klingelte das Telefon. Der Buchhändler war am anderen Ende. Er fragte, wie meine Woche gewesen sei und ob die weitere Reise mich sehr angestrengt habe. Außerdem teilte er mir mit, daß er bereits am selben Tag das Honorar überwiesen habe. Dann kam er langsam zum Thema, und ich mußte mich vor Schreck hinsetzen.

»Alle Achtung«, sagte er, »die Leute waren begeistert, und ich sagte meiner Frau, Rafik kann eine Sonntagsrede oder einen Vortrag über Meerschweinchen halten, und die Leute werden es noch spannend finden. Doch solltest du nicht zu viele Sprünge machen. Ich meine, vielleicht bin ich parteiisch, und dir habe ich es ja schon gesagt: *Reise zwischen Nacht und Morgen* ist von all deinen Werken mein liebstes Buch, ich las es wie im Rausch. Jetzt wirst du sicher sagen, deine Welt als Schriftsteller endet nicht mit diesem Werk. Das ist wahr und ich akzeptiere es auch. Du kannst meinetwegen einen Krimi schreiben, bei Sciencefiction lasse ich auch noch mit mir reden, doch du mußt nicht unbedingt auch noch Indianerromane verfassen.«

Mir gefror das Blut in den Adern. Wie sollte ich genau erfahren, was R6 sich dort geleistet hatte, ohne mich und meinen Plan zu verraten?

»Was hat dir an der Geschichte nicht gefallen?« fragte ich zögernd.

»Wenn du so fragst, alles. Die ganze Sache stimmte vorne und hinten nicht. Man wird dir Erzählungen über Arabien, Deutschland und meinetwegen Europa abnehmen, aber daß du als kleines Kind von einem Amerikaner entführt wurdest und am Ende bei den Indianern versteckt gelebt hast, bis eine deutsche Frau dich rettete und nach Deutschland brachte, ist etwas zu dick aufgetragen.« Er machte eine kleine Pause. »Und dann diese komischen Laute, die du dem Publikum als Begrüßung zugerufen hast. Mußte das sein? Du hast dich doch immer geweigert, auf Bestellung arabische Wörter zu sprechen, wenn irgend jemand unbedingt den Klang der arabischen Sprache hören wollte. Du wolltest keine Exotik. Warum dann das? Und hast du die Peinlichkeit bedacht, die entstanden wäre, wenn einer der Anwesenden indianischer Abstammung gewesen wäre und dich bedrängt hätte, den Stamm zu nennen, der so spricht, na? Du wärst aufgeschmissen gewesen. Und in Tübingen gibt es eine Menge Studenten aus Lateinamerika, deren Vorfahren Indianer waren.«

»Du hast recht«, sagte ich und fühlte, wie eine Schlinge meine Kehle zuschnürte. Der Buchhändler lenkte das Thema auf die Familie, auf meine Zukunftspläne und auf die Amnestie, auf die ich seit fünfzehn Jahren vergeblich warte. Ich antwortete wie benommen und war froh, bald auflegen zu können. Ich schwitzte, als wäre ich in einer Sauna. Was war das? Was hatte dieser verfluchte Grieche angestellt?

Und was hieß hier Grieche? Was machten die anderen mit mir? Plötzlich fühlte ich mich so zermürbt wie ein Mensch, der mit sieben Seilen gefesselt ist und von sieben wild gewordenen Pferden durch den Staub geschleift wird.

Für einen Augenblick erkannte ich, wie niedrig die Barriere zwischen Herrschern und Untertanen ist. Ich war Sklave meines eigenen Systems.

Heute frage ich mich, warum um Gottes willen ich diesen charakterlosen Gesellen nicht sofort hinausgeschmissen und seine noch anstehenden Lesungen übernommen habe.

Damals war es die richtige Entscheidung. Mir war schon bald klargeworden, daß ich mit dieser Mannschaft auf Gedeih und Verderb bis Ende März aushalten mußte. Ich mußte in der Zentrale die Stellung so lange halten, wie es nur ging, sonst würde alles zusammenbrechen. Ich war also realistisch genug, zu begreifen, daß ich keinen feuern konnte. Vertraglich stand mir das Recht zu, aber in der Praxis bedeutete ein Rausschmiß den Zusammenbruch. Da und dort hätte ich für das Fehlen eines Doppelgängers einmal einspringen können, doch wenn ich nun zu übereilt einen Doppelgänger entließ, wäre ich den anderen vollkommen ausgeliefert gewesen. Der Schaden in Tübingen hielt sich noch in Grenzen, und solange ich unter meinem Namen keine Indianergeschichten veröffentlichte, war alles halb so schlimm. Aber dann hatte ich ja noch mein Sorgenkind R2 und mein chaotisches Monster R3, die mich jeden Augenblick zu verlassen drohten. R2 war bald wieder bis tief in die Knochen eingeschüchtert, und der Dicke aus Köln brach langsam, aber sicher unter dieser für ihn neuen Lebensbedingung zusammen. Er erwähnte in jedem Gespräch, daß er langsam krank würde, weil sich sein Leben so radikal verändert hätte: vom totalen Chaos zur absoluten preußischen Ordnung. Das schlage ihm auf Magen und Nieren.

Also konnte ich mir einen weiteren Ausfall erst recht nicht leisten. Von nun an beobachtete ich R6 mit Argwohn und telefonierte oft hinter ihm her. So erfuhr ich immer wieder, daß er Geschichten und Witze in mein Werk einbaute, die er erfunden hatte.

Beispielsweise fügte er bei einer Lesung in Crailsheim einen Traum über Sokrates hinzu, den ich nie geschrieben habe, und in einer Buchhandlung in Renningen gab er eine erotische Erfahrung auf Kreta zum besten. Der Buchhändler war etwas verwundert, aber auch amüsiert über diese unerwartete Wendung meiner Geschichte, die im vorliegenden Roman nicht vorkommt. Aber das störte mich nicht. Das sollte er ja. Ich hielt nie etwas von Erzählern und Rezitatoren, die wie auf Knopfdruck denselben Text papageienhaft wiederholen und auch noch stolz darauf sind.

Bald bestand R6 die härteste Prüfung. Ich hatte ihn über eine Lesung in Karlsruhe genau informiert, nicht nur über jeden Mitarbeiter der Buchhandlung, sondern vor allem über Gerhard B., von dem die Doppelgängeridee stammte, und ich bat R6 darum, nach der Lesung in der Kneipe den Platz Gerhard gegenüber einzunehmen und ihm vorzujammern, wie gestreßt »ich« sei. Er berichtete mir am nächsten Tag, daß Gerhard seinen Vorschlag wiederholt habe, ich solle mir doch endlich Doppelgänger besorgen. Und Gerhards Frau hätte gesagt, sie habe gemerkt, daß »ich« in dieser Lesung eine andere Stimme hätte und sie für einen Augenblick gedacht habe, R6 sei ein Doppelgänger von mir.

Das wunderte mich nicht.

Nicht nur Gerhards Frau, Frauen allgemein waren gegenüber meinen perfekten Doppelgängern mißtrauischer als Männer. Fast in jeder zweiten Buchhandlung kam die einzige kritische Bemerkung über Merkwürdigkeiten meiner Stimme von seiten der Frauen. Ich habe viel über die Ursache nachgedacht. Ich glaube nicht, daß Frauen von Grund auf mißtrauischer als Männer sind. Ich bin auch fest davon überzeugt, daß sie keine besseren Augen oder Nasen besitzen. Frauen besitzen aber mit Sicherheit bessere Ohren. Es ist bekannt, daß Frauen besser zuhören können als Männer. Um unter der gewalttätigen Herrschaft des Mannes überleben zu können, haben Frauen über Jahrtausende ihr Gehör kultiviert. Sie schützten damit die geheimen, aber nicht meßbaren Fähigkeiten der Ohren, etwas zwischen den Tönen zu hören, was von den Sprechenden nicht willentlich verändert werden kann. Dieser unsichtbare Fingerabdruck einer Stimme wird bei ihnen gespeichert, und niemand kann sie täuschen. Männer dagegen hören wie alle Herrscher schlecht, sie können nur noch einigermaßen gut sehen, deshalb verformt sich die Erde unter ihrer Herrschaft zu einer visuellen Welt, die in rasender Geschwindigkeit die Oberflächen registriert, aber niemals in die Tiefe dringt, und deshalb bleiben Männer nicht selten am Äußerlichen hängen. Das ist auch der Grund, warum sie Doppelgänger, wenn sie genug Ähnlichkeit an der Oberfläche aufweisen, nicht auseinanderhalten.

Nun, wie dem auch sei, R6 arbeitete eine Zeitlang ganz wunderbar, und beinahe hätte ich den Kummer vergessen und ihm den Schnitzer mit der Indianergeschichte verziehen, als es aus heiterem Himmel krachte. Dieser Mann, der mich dauernd beschwichtigte, mich nicht aufzuregen, war ein verhinderter Autor. Autoren können an nichts Schlimmerem leiden als an der Verhinderung einer Veröffentlichung. Also zu wissen, daß man einen Berg von Texten verfaßt hat, die man selbst zu Recht oder Unrecht für die besten Texte der Menschheitsgeschichte hält, aber nicht veröffentlichen darf. Und dann vor einem vollen Saal aufzutreten und andere, fremde Werke vorzutragen, deren Erfolgsgeheimnis man nicht versteht, das verlangt Größe. Papadopulos aber hatte eine Krämerseele. Er wurde mit der Zeit der größte Neider unter meinen Doppelgängern. In Ditzingen und Basel erzählte er allen Ernstes eine pornographische Geschichte, eine Liebesszene an irgendeinem Strand zwischen einem griechischen Mann und einer blonden Deutschen (mein Gott, gab es noch dümmere Klischees?).

Das war so kraß, daß eine Zeitung mit Recht fragte, ob »ich« nicht auf diese eine Abschlußgeschichte hätte verzichten können, die man ohne weiteres in jedem Groschenroman finden würde.

Aus! Ich rief R6 an, er versuchte abzuwiegeln, doch ich schickte ihm unverzüglich die Kündigung per Fax. Die Kündigung enthielt einen Paragraphen, der es ihm verbot, weiter unter dem Namen Rafik Schami aufzutreten oder dessen Texte zu rezitieren.

Jetzt mußte ich ohne Rücksicht auf Verluste handeln. Das Chaos, das mein Fehlen in der Zentrale verursachte, bekümmerte mich auf einmal wenig. Es ging um meinen Namen und den Beweis, daß ich nicht zu einer Marionette meiner eigenen Doppelgänger geworden war. Und in der Tat wirkte die Nachricht von der Entlassung von R6 wie ein Schock auf die anderen. Sie meldeten sich kleinlaut bei mir und erklärten ungefragt ihre Verbundenheit mit meiner Person.

Die Saison neigte sich dem Ende entgegen, und es waren noch acht Lesungen in Baden-Württemberg und der Schweiz, dem Gebiet von R6, zu absolvieren. Ich übernahm die Veranstaltungen in Heidelberg, Bensheim und Brühl. R7 verpflichtete sich für die Lesungen in Schorndorf und Freiburg. Gino Bianco, R5, führte die übrigen in Zürich, Thusis und Solothurn aus. Papadopulos verschwand, allerdings nicht für lange.

Von der Angst hinter einem Flammenmeer

Als ich mich heute mittag müde fühlte, legte ich mich auf mein Sofa. Ich träumte von einer arabischen Stadt. Der Himmel dröhnte vom Motorenlärm, und die Häuser ertranken in einem Flammenmeer. Bis zum zweiten Stock waren die Gebäude in eine orangerote Unendlichkeit getaucht. Die Palmen glühten wie Streichhölzer, doch die Kinder surften auf den Flammenwellen und lachten. Ich stand verloren auf einem Felsen, der vom Feuer umlodert wurde, und die Flammen kamen immer näher und näher, aber um mich herum war es eiskalt. Ich fror an den Füßen, und plötzlich schwappte eine Feuerwelle auf und zerschellte an meinem Felsen, ein Sprühregen aus Flammengischt fiel auf mich herab und verbrannte mich an tausend Stellen. Ich wachte erschrocken auf. Und der Schreck erfaßte mich um so heftiger, als ich ein brennendes Stechen in meinen Zehen fühlte. Meine Füße waren eiskalt und taub. Ich sprang auf und lief umher. Und jeder Schritt stach meine Fußsohlen wie mit tausend Nägeln.

Bald aber verschwanden Kälte und Schmerz.

Ich stand fast eine Stunde lang am Fenster. Die Sonne schien, und die Luft war eiskalt und trocken. Ich konnte durch das klare Wetter etwas weiter in die Ferne sehen, die sonst oft im Dunst verschwindet. Und ich erblickte eine dunkelblaue Tür. Bevor ich mich versah, wuchs mein Haus um diese Tür, und ich wandelte in seinen Räumen umher. Aber mein Versteck ist weit weg von meinem Heim mit der blauen Tür. Und ich glaube fest daran, daß ich sie nie wiedersehen werde.

Nun aber zurück zur Geschichte meiner Doppelgänger.

Ich muß heute fairerweise zugeben, daß ich damals den Einfluß eines Schocks auf den Körper unterschätzt hatte, denn seit dem Überfall meldete sich mein Doppelgänger R2 dauernd bei mir und bat mich darum, ihn irgendwo in Hessen zu vertreten, da er unter Migräne, Durchfall, Schwindelgefühlen und weiß der Teufel was für Krankheiten litt, die ihm seine Angst suggerierte oder in der Tat verursachte. Und nun wollte er um ein Haar sogar die Lesung in Rüsselsheim fallenlassen, weil er in einer Fernsehreportage gesehen habe, daß dort Rechtsradikale lebten. Ich explodierte: »Rechtsradikale gibt es überall, vielleicht gerade auch in dem Hochhaus, in dem Sie leben, vielleicht direkt unter Ihnen.«

Er schwieg und sah bald ein, daß er nach Rüsselsheim fahren mußte. Ich war voller Sorge und wollte ihm kurz vor dem Auftritt noch einmal die Hand drücken. Wir vereinbarten ein Treffen an einem bestimmten Parkplatz bei Rüsselsheim. Sicherheitshalber rief ich R5 in Merzig an und bat ihn, ebenfalls zu diesem Parkplatz (nahe beim Autobahnkreuz Rüsselsheim-Ost) zu kommen, für Fahrt und Mühe würde er eine Pauschale von zweihundert Mark bekommen. Ich faxte ihm auch genaue Informationen über die Lesung in Rüsselsheim, bei der er vielleicht als Reserve einspringen sollte. So geschah es, daß wir uns an diesem regnerischen Tag wie Agenten auf die Sekunde genau auf dem Parkplatz trafen. R2 war überrascht beim Anblick seines Kollegen. Ich erklärte ihm klipp und klar, daß ich keine schlappe Lesung in Rüsselsheim wolle, weder der Buchhändler noch die Stadt hätten es verdient, durch private Probleme enttäuscht zu werden.

Wir hatten drei Stunden Zeit. Die Lesung war seit langem ausverkauft, und er sollte sich entscheiden, denn R5 wollte gerne diese Veranstaltung übernehmen. R2 war aber, weiß der Teufel warum, auf einmal Feuer und Flamme und wollte den Vortrag selber halten. Damals glaubte ich, meine Entschlossenheit und die Anwesenheit von R5 hätten ihn nicht nur herausgefordert, sondern ihm in gewisser

Hinsicht auch die Angst genommen. Heute bin ich mir nicht mehr so sicher.

Aqil Maisun, R2, rief mich am nächsten Morgen an und erzählte begeistert von dem großartigen Empfang. Der Buchhändler hatte diesmal ein Zelt im Saal aufgebaut. Tee und Mokka wurden serviert. An die 400 Leute waren da. Und auf einem Bistrotisch mitten auf der Bühne stand ein großer Basilikumtopf. R2 konnte nichts damit anfangen. »Du hast doch erzählt, daß du dich, wenn du mit der flachen Hand über die Blätter streifst, an deine Großmutter erinnerst!« Weiß der Teufel, wie er sich herausgeredet hat.

Doch der Anruf danach machte mir Sorgen. Der Buchhändler sprach auf den Anrufbeantworter, da ich nicht zu Hause war. Seine Worte ähnelten denen vieler Buchhändler, die in letzter Zeit mit R2 zu tun gehabt hatten. Sie lobten zwar alle den Vortrag, doch ihre Stimmen klangen nicht mehr heiter wie früher. Statt wie üblich nach solchen gelungenen Abenden auch einige Rosinen der Kommentare ihrer Kunden über »meine« Lesungen zu zitieren, sprachen sie mit mir über »meine« Angst.

Er mache sich Sorgen um mich, sagte der Buchhändler und bat mich, ihn zurückzurufen. Ich tat es auch gleich und wollte ihn beruhigen, doch R2 hatte offenbar nach der Lesung bei einem Gläschen Wein vertraulich mit dem Buchhändler über den Angriff der Skins und seine ernsthafte Sorge vor weiteren Vorfällen solcher Art gesprochen. Und nun konnte ich ihn nicht weiter beschwichtigen, wollte ich mich nicht lächerlich machen.

Ich sagte aber, es ginge mir besser, und sollte die Angst wiederkommen, würde ich ihn anrufen.

Nebenbei aber erfuhr ich bei diesem Telefongespräch, wie die Phobie von R2 inzwischen unaufhaltsam wuchs. R2 war krank vor Angst. Eine Verehrerin hatte, während er signierte, die Hand auf seine Schulter gelegt. Da sei R2 aufgesprungen und habe den Buchhändler gebeten, ihm den Rücken freizuhalten.

»Mensch, früher hast du dich im Meer der Bewunderer und vor allem der weiblichen gebadet, und heute treibt dich eine kleine Berührung in die Höhe«, wunderte er sich.

Ich schwieg. Was sollte ich angesichts dieser Hysterie auch noch sagen?

Vom Reigen von Traum und Wirklichkeit

Ich wollte gestern nacht noch weiterschreiben, aber eine bleischwere Müdigkeit übermannte mich. Ich schlief in meinen Kleidern ein und wachte nach einem absurden Traum erst jetzt wieder auf.

Ich komme an eine Landesgrenze. Hoher Stacheldraht, vor mir ein verschlossenes Tor. Der Kontrollraum, eine schäbige Bretterbude, ist dunkel, seine Fensterscheibe mit fettigen Fingerabdrücken verschmiert. Ich nähere mich dem Fenster und schaue ins Innere der Hütte. Ich sehe einen Mann, der unter dem Fenster auf einem Stuhl sitzend in ein Buch vertieft ist. Neben dem Mann spielt ein kleiner Junge mit Murmeln.

Ich kann das Gesicht des Mannes nicht sehen. Er trägt einen komischen blauen Turban mit Rubin und Feder, wie ihn nie ein Araber getragen hat, doch ich ahne im Traum, daß ich diesen Turban kenne. Ich klopfe an die Fensterscheibe. Der Mann dreht sich verschlafen um und richtet sich wie im Zeitlupentempo auf. Ich zeige ihm meinen Paß. Er legt das Buch zur Seite und öffnet schlecht gelaunt das Fenster. »Ja, bitte?« sagt er auf deutsch, und ich erkenne sofort, daß es Schadi Malas ist, mein Doppelgänger R1 aus Berlin. Nun weiß ich, woher ich diesen Turban kenne. Mein Blick fällt auf das blaue Buch, das auf dem kleinen Tisch liegt. Es ist mein Buch *Reise zwischen Nacht und Morgen.*

»Ich möchte das Land ... sehen ... betreten«, stottere ich und habe meine übliche Angst vor Grenzen, ein flaues Gefühl im Magen und Gewissensbisse im Hirn, als wäre ich ein Schmuggler.

»Was? Zu dieser späten Stunde?« fragt er und schaut auf die Uhr. Die Uhrzeiger rotieren wie verrückt.

»Es ist nie zu spät«, sage ich und zeige auf das Kind,

»nicht einmal die Kinder sind im Bett. Es kann nicht zu spät sein«, füge ich hinzu und setze ein halbes Lächeln auf meine Lippen, das die Mundwinkel nur rechts hinaufzieht.

»Das Kind ist Ibn Lail, Sohn der Nacht. Es ist verkehrt geboren. Es ist hellwach, wenn es schlafen soll und schläft am tiefsten, wenn es aufwachen soll«, antwortet er verzweifelt. Übrigens war Ibn Lail das einzige Thema, über das wir in diesem Traum auf arabisch gesprochen haben. Alles andere redeten wir auf deutsch.

Um auf andere Gedanken zu kommen, zeige ich auf das Buch und frage lächelnd, ja fast ironisch, ob in der arabischen Ausgabe die Stelle mit dem einmaligen Kuß von Valentin und Pia unzensiert übersetzt sei. Er lacht: »Sie ist zensiert, aber ich habe die Lücke im Text an jener Stelle sofort erkannt und in meiner Phantasie einen noch heftigeren Kuß entworfen, zu dem kein Schriftsteller fähig ist.«

Und er erklärt mir, wie geübt man durch die Zensur wird, seine eigene Version des Zensierten zu erfinden. »Die Behörden zensieren in Arabien aus Liebe«, sagt er und lacht giftig, »damit die berühmte arabische Fabulierlust immer neue Anregungen bekommt.«

Sein Sohn unterbricht sein Spiel und nervt den geplagten Vater dauernd mit der Frage, wann er endlich ein Eis bekäme.

Ich sage, daß ich der Autors dieses Buches sei, und der Turbanträger strahlt übers ganze Gesicht. »Koffer aufmachen!« befiehlt er. Ich bin enttäuscht und öffne das Gepäckstück. Er untersucht jede Ecke und jedes Stück Wäsche. Und auch den Kofferboden taste er nach geheimen Verstecken ab.

»Und ich dachte, Sie haben Achtung vor mir«, schmolle ich, um ihn davon abzuhalten. Ich muß wohl gewußt haben, daß ich etwas Verbotenes mitgebracht habe.

»Deshalb kontrolliere ich Sie ja gründlich. Ich muß sicher sein, daß Sie, mein Lieblingsautor, sauber ins Land kommen, so daß die Kontrolleure beim nächsten Schlagbaum nichts finden. Sie wären auf der Stelle verschwunden, und ich müßte mein Leben lang um Sie trauern.«

Und als würde der Ausdruck auf meinem Gesicht ihn davon überzeugen, daß ich seine Ausführung nicht ganz glaube, fügt er mit ernsthaftem Ton hinzu: »Dreiundsiebzig Kontrollpunkte müssen Sie überstehen, bis Sie ihr Elternhaus erreichen. Was haben wir denn da?« Er zieht aus der Seitentasche eine Tafel Schokolade. Nichts Verbotenes eigentlich, aber bevor ich noch das Wort Schokolade ausgesprochen habe, beißt der Sohn bereits eine Ecke ab und kaut sie samt Silberpapier. Kurz darauf würgt er, wie eine Schlange die Eierschalen, das verschleimte Silberpapierkügelchen heraus. Ein ekliger Anblick.

Ich wachte auf und schüttelte noch angewidert den Kopf.

Die Dunkelheit war undurchdringlich.

War es meine Sehnsucht, die diesen Traum erfunden hat, oder war meine Beschäftigung mit meinen Doppelgängern die Geburtshelferin dieser nächtlichen Vision?

Nur ein winziges Detail des Traums kann ich erklären: den Turban. Er kommt darin vor, weil er mich lange beschäftigte, auch in den letzten Tagen. Die Geschichte, die mit R1 und einem Turban zu tun hat, wollte ich noch vor dem Einschlafen aufschreiben. In meinem Kopf war sie schon fertig formuliert.

Osterholz-Scharmbeck ist ein kleiner Ort mit einer noch kleineren Buchhandlung. Für dieses Gebiet war eigentlich R2 aus Hannover verantwortlich, doch seine Hysterie vor Rüsselsheim veranlaßte mich, ihn auch hier von einem anderen Doppelgänger vertreten zu lassen. Schadi Malas, R1 aus Berlin, stellte sich gerne als Vertreter von R2 zur Verfügung. Den Ort hatte ich in bester Erinnerung. Große Plakate, auf denen in arabischer Schrift »Willkommen, Rafik Schami« stand, hingen aus und die Buchhändlerinnen hatten durch die Aufstellung kleiner Tische den Saal in ein arabisches Kaffeehaus verwandelt, in dem Tee und Kaffee, Pistazien und Datteln serviert wurden. Herrlich für die Gäste! Und wieviel Energie und Liebe steckt in einer solchen Vorbereitung!

Schließlich gab ich R1 dann noch einen kleinen Trumpf mit auf den Weg. Er sollte einfließen lassen, daß die Buchhändlerin mir damals erzählt hatte, daß ein Hotel namens »Tietjens Hütte« eine Rolle in einem Roman von Lars Gustafsson spielt. Das Hotel liegt an der Hamme, einem Flüßchen in der Nähe von Osterholz-Scharmbeck.

Schadi Malas reiste also an, und ich war absolut sicher, daß alles bestens laufen würde.

Ich kann nicht oft genug wiederholen, daß er bis dahin der beste und zuverlässigste meiner Doppelgänger war. Um so mehr schockierte mich dann sein Fehltritt.

Schadi hatte schon öfter bewiesen, daß er ausgezeichnete Nerven hatte. Im Oktober sollte er in einer Stadt nahe Berlin eine Lesung halten. Der Buchhändler dort war am Ende mit seinen Nerven, denn seine Frau war gerade mit einem Ägypter durchgebrannt und aalte sich in der Sonne, während er hoch verschuldet im nassen Berlin bleiben mußte. Er hatte sich am Tag der Lesung sinnlos betrunken und lallte herum, daß er am liebsten die Lesung abgesagt hätte, da er keine Araber mehr vertragen könne. R1 beruhigte den verletzten Mann mit einer bemerkenswerten These: Araber sagt nicht viel! Das sei eine Vereinfachung der Historiker und Medien. Der Liebhaber seiner Frau sei Ägypter und er – Rafik Schami – sei Syrer. Damaskus sei Istanbul näher als Kairo, Ägypter seien Afrikaner und Syrer seien Asiaten. Und er sei mit einem Ägypter so verwandt wie der Buchhändler mit einem Buchhändler aus Lettland. Er empfahl ihm, sich etwas auszuruhen und dann einen kräftigen Kaffee zu trinken. Bald schlug die Laune des Mannes um und er umarmte dankbar den Doppelgänger. Der Buchhändler legte sich von fünf bis sieben hin. Später bedankte er sich überschwenglich bei R1 und entschuldigte sich bei ihm. Nun blieb noch eine Stunde Zeit, und Schadi Malas ging in ein benachbartes Bistro, um sich von diesem Mann zu erholen. Ein paar Minuten vor acht kehrte er in die Buchhandlung zurück, wo die Lesung stattfinden sollte.

Die Buchhandlung und der Buchhändler waren voll. Die Weinflasche hatte er unter dem Ladentisch versteckt, und den Gästen brüllte er seine Begrüßung entgegen, die fast an eine Beleidigung grenzte. Dann hockte sich der Buchhändler auf eine Bücherpyramide aus dickleibigen Wörterbüchern, und kurz darauf fing R1 mit der Lesung an. Nach einer halben Stunde schlief der Buchhändler ein und begann laut zu schnarchen. Das Publikum erheiterte sich sehr darüber, aber R1 ignorierte es. Er berichtete mir am nächsten Tag, daß er sich an meinen Ratschlag hielt, Schnarchen, Gähnen, Kommen und Gehen einzelner nicht so tragisch zu nehmen, weil alle Geräusche in einer deutschen Lesung nicht einmal ein Hundertstel des Lärms in einem arabischen Innenhof oder Kaffeehaus erreichen, wo die besten Geschichten erzählt werden.

Plötzlich aber kippte der Buchhändler um. Wie eine Gipsfigur fiel er kopfüber auf den Boden, und der Aufschlag war so hart, daß es sich wie ein Paukenschlag anhörte. Normalerweise rettet ein Schreck den Fallenden vor hartem Aufprall, doch dieser Buchhändler fiel einfach um, und seine Hände blieben wie festgeklebt in seinem Schoß liegen.

R1 erschrak fürchterlich und ebenso die Zuhörerin, zu deren Füßen der Mann gelandet war. Der erwachte, schüttelte sich kurz, sprang auf und schrie im Delirium: »Schluß, Feierabend!«

Jeder andere Doppelgänger wäre nun davongerannt, nicht aber R1.

»Sie können mich und das Publikum nicht hinausschmeißen. Sie sind betrunken, Mann. Gehen Sie lieber und ruhen Sie sich aus, und wir machen hier weiter«, sagte er väterlich dem Buchhändler.

Das hätte ich nie fertiggebracht. R1 aber hatte etwas von einem Hurensohn, von diesem an Zumutung grenzenden Mut, der bei Menschen mit toten Herzen vorkommt. Einer der Zuhörer war befreundet mit dem armseligen Wrack eines Buchhändlers. Er stützte ihn und brachte ihn in die angrenzende Wohnung.

R1 setzte unter Beifall die Lesung fort und führte sie zu Ende, signierte einen Haufen Bücher und fuhr zurück nach Kreuzberg, wo er wohnte.

Die Buchhandlung machte drei Wochen später dicht, und ich sah nie ein Honorar.

Das zur Qualität dieses Teufelskerls, der nun in Osterholz-Scharmbeck erzählen sollte.

R1 überraschte die Buchhändlerinnen mit seinem Auftritt dermaßen, daß sie sprachlos waren. Der Begleitbrief zu den enthusiastischen Presseberichten klärte mich auf. Ich sah mich, oder vielmehr meinen Doppelgänger R1, mit einem großen blauen Turban auf dem Kopf eintreten, genau wie der von Hauffs kleinem Muck in bestimmten kitschigen Märchenausgaben, einschließlich Feder und falschem Rubin von der Größe eines Hühnereis. Trotz eisiger Kälte trug R1 nur eine Weste auf der nackten Brust, eine rote Pumphose und spitze zitronengelbe Schnabelschuhe ohne Socken. Die Zeitung brachte Farbbilder zu ihrem begeisterten Bericht. Ein Lackaffe wirbelte in allen möglichen Stellungen vor dem gaffenden Publikum herum. Mein Gott! Bis heute bin ich froh, daß ich bei der Betrachtung jener Bilder keinen Herzinfarkt bekommen habe.

Der Brief der Buchhändlerin war eine ironische Beschreibung des Abends, die aber jeder, wenn er wie ich eher zwischen den Zeilen als die Zeilen selbst liest, durchschaut hätte. Sie waren entsetzt über das Niveau. Das Publikum tobte vor Begeisterung, aber es war jene tödliche Begeisterung, die den Doppelgänger R1 mit ihrem süßen Gift berauschte und dazu trieb, noch mehr herumzuhampeln.

Mit seinem Aufzug und seinem Orient-Kitsch rührte R1 an sentimentale Instinkte und Sehnsüchte. Man hatte anschließend eher das Bedürfnis, mit einer Duftkerze und nicht mit einem Buch den Abend zu verlängern. Der Verkauf der Bücher lief entsprechend schlecht: Zehn Taschenbücher gingen an diesem Abend über den Ladentisch.

R1 war bis dahin meine solide Burg gewesen, ein unnachahmlicher Rezitator, der nie einen Abend verpfuschte und Nerven aus Stahl hatte. Ich hatte Probleme durch jenes Loch seiner Seele erwartet, durch das die Gier nach Leben blies, doch der kalte Wind kam nicht aus diesem Loch, sondern aus der Ermüdung. Er war fertig. Ich habe ihn nicht mehr getadelt, sondern ihm Mut zugesprochen und mich für meine Kritik an seinem Auftritt entschuldigt, ohne jedoch meine Abneigung gegen diese billige Exotik zurückzunehmen.

In jener Nacht konnte ich kaum schlafen, und auch die Tage danach waren von meiner Verzweiflung überschattet. Zwei oder drei Tage nach der Lesung in Osterholz-Scharmbeck bekam ich einen Zeitungsausschnitt aus Friedberg, wo ein gewisser Sami Schami zur Erheiterung des Publikums eine Lesung gehalten haben soll. Die Fotos zeigten den schönen Musiksaal des Gymnasiums, in dem ich zweimal aufgetreten war. Auf dem Bild erkannte ich Christos Papadopulos, meinen ehemaligen Doppelgänger R6.

Ich stellte ihn zur Rede, und er gab zu, daß er drei, vier Lesungen auf eigene Faust vereinbart habe, und da er ja entlassen worden war, habe er den Buchhändlern gesagt, »ich« sei krank, aber zur Rettung der Lesung würde mein Cousin Sami kommen. Ab April, das könne er mir versprechen, würde er den Namen Schami nicht mehr benutzen. Er ziehe gerade eine große Sache auf und habe inzwischen zehn Mitarbeiter gewonnen. Er würde es auch besser als ich machen, seine Rezitatoren sollten mit ihrem eigenen Namen auftreten, Hauptsache, sie würden seine Texte vorlesen. Der Markt könnte noch mehrere hundert Erzähler vertragen.

Mein Rechtsanwalt konnte nichts unternehmen, außer der Mahnung, daß R6 es unter Strafandrohung unterlassen sollte, sich als mein Cousin auszugeben.

Verzweifelt rief ich seine Frau an, die mir freundlich erklärte: »Machen Sie sich nicht zu viele Sorgen. Christos schafft es sowieso nicht. Er kann nichts organisieren. Er ist ein Kind. Haben Sie etwas Geduld, dann brauchen Sie auch keinen Rechtsanwalt zu bemühen.«

Ich entschuldigte mich bei der Frau für die Unannehmlichkeit mit dem Rechtsanwalt und verabschiedete mich von ihr.

Und es geschah genau das, was die Frau prophezeit hatte. Schon bald verschwand Christos Papadopulos als Autor und Rezitator von der Bildfläche und eröffnete ein Café in Basel.

Meine Fahrt auf der Achterbahn ging munter weiter. Kurz nach der Hiobsbotschaft aus Friedberg meldete sich Aladin Ido, R4, bei mir und erzählte mir von einem merkwürdigen Erlebnis in einer Göttinger Schule.

An dem Tag hatte er drei Lesungen übernommen, die R2 hätte halten müssen, aber Aqil Maisun war krank geworden (angeblich furchtbarer Durchfall): zwei in Göttinger Schulen am späten Vormittag und eine Abendveranstaltung in einer Buchhandlung in Hannover. Dort wollte er übernachten und erst am nächsten Tag nach Weimar zurückfahren.

Da er Zeit hatte und ich mich auf seinen Charme und seine ansteckende Lebenslust verlassen konnte, bat ich ihn darum, R2 in Hannover zu besuchen und wenn möglich auf ihn einzureden und ihm Mut zu machen.

Aladin sprudelte beim Erzählen nur so über seine Erfahrungen in Göttingen. Eine seiner Lesungen sollte er in einer Aula vor Eltern und Schülern halten, und er wählte die Geschichte vom tapferen Mädchen Fatima, die gegen einen mächtigen Traumdieb kämpft und die gefangenen Träume befreit. An die zweihundert Kinder saßen in den ersten Reihen und etwa genauso viele Erwachsene nahmen hinter ihnen Platz. Es waren ausländische und deutsche Eltern. Plötzlich fing eine junge deutsche Mutter zu weinen an. Sie schluchzte und schluchzte und konnte bald kaum noch atmen. Ihre Nachbarn waren starr vor Schreck. Ein alter Türke stand auf und ging auf die Frau zu, packte sie an den Schultern, schüttelte sie dreimal, und plötzlich war die Frau wieder ruhig. Aladin Ido konnte weitererzählen.

»Was haben Sie gemacht?« fragte er den Türken nach der Lesung bewundernd.

»Die Frau wollte in der Geschichte verschwinden. Ich habe sie in den Saal zurückgeschüttelt. Das habe ich von meinem Großvater gelernt«, sagte der Türke leise und bescheiden.

Ich fragte Aladin, ob er R2 besucht habe. Ja, er sei am nächsten Tag lange bei ihm gewesen, doch das Gespräch mit dem eingeschüchterten R2 sei nach kurzer Zeit schon im Sande verlaufen, und Aladin Ido versicherte mir, daß R2 langsam, aber sicher verrückt werde. Dies habe mit der Lesereise überhaupt nichts zu tun. Der Mann lebe Tag und Nacht in seiner verdunkelten Wohnung, einer stinkenden Hölle, und weigere sich, die Rolläden hochzuziehen, weil er angeblich von einem Nachbarbalkon abgehört werde. Das sei der reine Wahnsinn.

Ich legte auf. Fünf Minuten später – es war bereits sehr spät – klingelte mein Telefon noch einmal. Es war Gino Bianco, R5. Er war entsetzt über einen Streit mit einem deutschen Autor, der den ganzen Abend mit versteinertem Gesicht in seiner Lesung saß, um ihm danach zu sagen, daß er oft Fehler beim Konjunktiv I mache. Gino, der bei aller Kritik nicht auf den Mund gefallen war, beantwortete sie mit einer vernichtenden Rede gegen die Unfreundlichkeit des Autors, der weder christlich noch zivilisiert dem fremden Kollegen beistand, sondern auf seine Fehler lauere. »Ich habe mir erlaubt«, sagte R5, »in Ihrem Namen zu sprechen. Ich habe dem arroganten Affen gesagt, ich hätte gerne auf arabisch erzählt, aber die Sprachen der unterworfenen Völker werden an den Grenzen zurückgehalten. Sie bekommen – anders als Englisch – kein Visum. Die Träume aber reisen mit, und diese Träume füllen den Saal mit Publikum und nicht sein Konjunktiv I.«

Ich dankte Gino herzlich und gestand ihm, ich hätte mich nicht besser verteidigen können. Ich erinnerte mich an einen verpatzten Abend in Frankfurt vor etwa sieben Jahren. Da bemängelte ein deutscher Kollege, den ich später »näselnde Langeweile« nannte und der steif wie ein Sack Kartoffeln dasaß, meine Adjektive. »Vielleicht haben Sie recht, aber Geschmack haben Sie nicht«, sagte ich ihm damals.

Was für schwachsinnige Typen, die nichts vom Dasein eines Exilautors verstehen wollen und bei jeder Gelegenheit die Nase über seine falschen Konjunktive oder Adjektive rümpfen. Goethe hat vor über hundertfünfzig Jahren mehr Sensibilität gegenüber fremden Literaturen gehabt als diese und ähnliche Esel der deutschen Literatur. Das nennt man Fortschritt. Den Autor, der Gino geärgert hat, kenne ich nicht gut. Ich habe einen Roman von ihm über seine Schwierigkeiten mit seinem Vater, seiner Frau und Geliebten gelesen. Das reichte! Ich habe beim Lesen immer an einen Toten im Sarg denken müssen, den die ihn umgebenden Schnittblumen auch nicht mehr lebendig machen können. Seine Worte waren hochgezüchtete, gekünstelte Konstruktionen, sein Inhalt eine Leiche.

Ich war beglückt über die Haltung meines Doppelgängers Gino, aber ich war müde, sehr müde von all diesen Doppelgängern und ihren Höhen und Tiefen.

Nach kurzem Schlaf weckte mich der Wecker am nächsten Morgen bereits um sieben. Ich wollte meine Papiere in Ordnung bringen. Seit Tagen war ich durch die Hektik der Tournee nicht mehr im Büro gewesen. Frau Schmitt hatte ich seit einer Ewigkeit nicht gesehen. Ich ging in mein Büro im zweiten Stock, und dort wartete die Katastrophe auf mich. Frau Schmitt hatte mir einen Platz auf meinem Schreibtisch freigeschaufelt, eine Mulde im Briefberg, und auf diesen Platz hatte sie einen Umschlag gelegt, mit roter Tinte und großen Buchstaben an mich adressiert. Ich öffnete hastig den Brief. Es war eine höfliche, aber entschlossen formulierte Kündigung. Und ich mußte lesen, daß mir Frau Schmitt seit drei Wochen verzweifelt versucht hatte zu erklären, daß sie dieser Arbeit nicht gewachsen war.

Ich war fertig. Ich glaubte der Frau und wußte, daß ich ein elender Hund geworden war. Ich wußte, daß sie recht hatte, und erinnerte mich an manchen Hilferuf der Frau, den ich mit Eis und Kaffee, Blumen und Pralinen beruhigt hatte.

Ich rief sie sofort an. Ihr Mann war am Apparat. Sie war krank, aber trotzdem erlaubte er mir, mit ihr zu sprechen. Sie war tatsächlich eine treue Seele und entschuldigte sich, daß sie vom Arzt gezwungen worden war, sofort zu kündigen. Sie litt unter einem Zwölffingerdarmgeschwür.

Es war nichts zu machen.

Ich wünschte ihr alles Gute und bat sie um Erlaubnis, ihr die nächsten drei Monate aus Dankbarkeit zahlen zu dürfen. Ich wußte nämlich, daß sie finanziell nicht so gut stand, da ihr Mann sein Vermögen bei einer unglücklichen Spekulation an der Börse verloren hatte.

Den ganzen Tag klingelte das Telefon, und alle meine Doppelgänger wollten irgend etwas von mir. Ich aber sperrte mich dagegen, ich wollte nur noch allein sein. Ich fuhr nach Mannheim und ging im Luisenpark spazieren. An jenem Tag fand ich zum ersten Mal die Sache mit den Doppelgängern verwerflich, und nachdem ich eine Stunde herumgelaufen war, gab es keinen Schuldigen mehr außer mir. Ich beschloß, die Tournee nach dem März keine Sekunde zu verlängern.

Schluß! Das war es.

Ich kehrte erschöpft nach Hause zurück und lag, wie damals im Karlsruher Hotel, noch lange wach. Immer wieder richtete ich mich auf und schrieb meine Gedanken nieder.

Ein dickes Heft füllte ich mit Ideen, wie ich die Trennung elegant durchführen konnte, ohne die Doppelgänger zu brüskieren oder einen Skandal hervorzurufen, der mich letztendlich ruiniert hätte.

Das war nicht einfach, doch nie im Leben dachte ich daran, daß ich am Ende auch noch einen Mord begehen würde.

Von der Flucht aus der Welt in ihr Spiegelbild

Reisen bildet, sagte man früher. Heute kann man denselben Fraß in Thailand, Syrien, Norwegen und Mexiko bekommen. Und die Unterschiede zwischen den Fußgängerzonen von Worms, Duisburg und Stuttgart bestehen nur in der Länge. Das Hotelleben – früher ein Synonym für Abenteuer – ist in Deutschland der Inbegriff von Langeweile. Die Industrievertreter und Messebesucher, die zu allen Jahreszeiten die Mehrheit der Hotelgäste bilden, haben den Charakter der Hotels in den letzten zwei Jahrzehnten geformt. Und diese – ob feine Seelen oder grobe Zeitgenossen – interessieren sich nicht für gepflegte Hotelatmosphäre. Das beste und das schlechteste Hotel gleichen sich in ihren Augen, solange ihnen beide ein Dach über dem Kopf anbieten, ein Bett, eine Dusche und einen Fernseher mit oder ohne Porno, aber auf jeden Fall mit Fernbedienung. Ein scheußliches Frühstück mit Sockensaft-Kaffee, das ist der Durchschnitt deutscher Hotels am frühen Morgen. Und wenn ich nach einer Leselampe fragte, so schaute mich die Dame an der Rezeption mit Kuhaugen an, erstaunt, dumm und schön. Manchmal haben mich ihre Blicke so verwirrt, daß ich anfing zu stottern: »Lampe, verstehen Sie? Lampe mit Glühbirne, zum Lesen.«

Und die Frau sagte »Aha«, nicht ironisch, sondern verwundert.

Dann verfluchte ich ihren Urgroßvater auf arabisch.

Nein, wenn jemand wie ich fünfzehn Jahre lang hundertfünfzigmal im Jahr in deutschen Hotels aller Klassen gewohnt hat, ist man ernüchtert. Im Grunde ist neben der nervenden Fahrerei das Hotelleben das einzig Unangenehme an meinem Beruf als reisender Erzähler gewesen.

Die Mehrheit der Buchhändler wußte das und war deshalb bemüht, die Misere der Hotels mit Gastfreundschaft auszubalancieren. Sie holten mich ab und verwöhnten mich bis zum letzten Moment.

Manchmal erfüllte mich die Lage der Buchhändler mit Trauer und Scham. Selbst manchmal hoch verschuldet, gönnten sie ihrem Gast ein Hotel der teuersten Art, und ich stand da in einem Zimmer mit überflüssigem Firlefanz, zog die Schrankschiebetür zur Seite, um meine Jacke aufzuhängen, und entdecke den Preis: fünfhundert Mark für die Nacht.

Manfred S. ist einer dieser Buchhändler, und ich bin mit ihm seit unserer ersten Begegnung 1985 befreundet. Als Germanist hätte er es einfacher haben können, aber die Bücher zogen ihn in ihren Bann, und er brauchte fünfzehn Jahre, bis er schuldenfrei in seiner prächtigen Buchhandlung stehen konnte. Manfred weiß soviel über Bücher wie drei Professoren zusammen und soviel über Autoren wie meine drei geschwätzigen Tanten. Und da ihm bekannt ist, daß ich Klatsch liebe, erzählte er mir vor einem halben Jahr die irrsinnige Geschichte über einen Autor, der gestern noch verarmt und einsam seine Manuskripte mit der rechten Hand in den Briefkasten einwarf, um sie gleich darauf mit der linken wieder herauszuziehen. Die Manuskripte kamen ungelesen zurück, zusammen mit diesem bekannten Brief vieler Verleger, bei dem das Wort »leider« in der ersten und das Wort »Glück« in der letzten Zeile steht. Und dann landete der Autor einen unglaublichen Erfolg und drehte durch.

Manfred S. lud unter dem Druck der Anfragen seiner Kunden den Autor Robert Blasenschmied zu einer Lesung ein. Als erfahrener Buchhändler hielt er nicht viel von diesen Shooting-Stars der Feuilletons und Bestsellerlisten, die plötzlich kein Maß mehr kennen und ihre Minderwertigkeitskomplexe nun auf Kosten der Buchhändler ausleben wollen. Nein, viel lieber habe er Jandl, Tabucchi, Aitmatov,

Bichsel, Laub und Lenz zu einer Lesung gebeten, und sie seien gekommen und rührend gewesen. Je größer ein Autor, um so kleiner die Hürde zu ihm.

Also schrieb Manfred einen Brief an den Autor, ob Seine Exzellenz in der kleinen Stadt X eine Lesung halten wolle. Am anderen Ende war nicht der Autor selbst, sondern seine Mitarbeiterin, die den erfahrenen Buchhändler allen Ernstes überzeugen wollte, daß der Autor Blasenschmied die Kunst des Erzählens erfunden habe. Manfred S. fragte die junge Frau, wie alt der Autor sei. »Einundvierzig«, antwortete sie.

»Tja«, sagte Manfred S. und lachte.

Nun verhörte die verärgerte Dame den Buchhändler (nachdem dieser das unverschämt hohe Honorar des Autors akzeptiert hatte), wie groß die Stadt X sei. Manfred fügte zwanzigtausend Einwohner hinzu, um Eindruck zu schinden. Die Stadthalle mußte er nicht vergrößern, sie war für alle Veranstaltungen der gesamten Region konzipiert (900 Sitzplätze mit herrlicher Bühne und Akustik). Und nun kamen zwei Bedingungen, bei denen der Buchhändler dann doch um Bedenkzeit bitten mußte. Herr Blasenschmied übernachte nicht irgendwo, sondern nur in einer Suite eines Fünf-Sterne-Hotels, und er verlange einen Chauffeur für die Fahrten in der Stadt. »Darunter geht nichts.«

Die Vorzimmerdame ließ sich überhaupt nicht auf die Erklärung ein, daß in der Stadt X ein Chauffeur nicht nötig sei, da Buchhandlung, Bahnhof, Stadthalle und Hotel im Zentrum nahe beieinander lägen.

»Du mußt trotz der Arroganz zusagen«, riet ihm ein Freund, »du kannst die Kunden nicht enttäuschen, die Stadthalle wird voll werden, und du hast die Kosten raus ...«

»Und der Chauffeur und die Suite?« unterbrach ihn Manfred.

»So einen Deppen muß man auf den Arm nehmen. Ich spiele den Chauffeur und fahre ihn mehrmals im Kreis herum, und dann bringe ich ihn zum jeweiligen Ziel. Und mit Toni vom ›Hotel zum Hirsch‹ organisieren wir für eine Nacht so viele Sterne, wie der Trottel sehen will, und ein Doppelzimmer wird in eine Suite umgetauft.«

Manfred lachte. Er hatte erst Bedenken, doch dann fand er Gefallen an diesem Streich. Zumal da er sicher war, daß dies sowieso der letzte Auftritt des Autors in der Stadt X sein würde.

Um achtzehn Uhr kam der Zug an. Pablo, Manfreds Freund, stand mit blauem Anzug und einer Dienstmütze am Gleis. Er verbeugte sich vor dem Schriftsteller: »Ich bin Ihr Chauffeur. Haben Sie eine gute Reise gehabt?«

»Anstrengend«, sagte der Schriftsteller und stieg in den Fond des großen Mercedes. Der Chauffeur fuhr den Gast kreuz und quer durch die Stadt, dann durch den Tunnel bis zum Verkehrskreisel und wieder zurück durch den Tunnel, den Fluß entlang zum Hotel, das höchstens hundert Meter vom Bahnhof entfernt lag.

»Wir sind schon da«, sagte er und hielt dem Autor die Tür auf. Dieser hatte nichts mitgekriegt, weil er in einen langen Brief vertieft war.

»Ihr Hotel, Sir«, sagte er mit dem Tonfall des alten englischen Butlers in *Dinner for one*.

Der Schriftsteller zuckte zusammen und stieg aus. Er bemerkte nicht einmal die fünf roten Sterne, die an der Glastür klebten. Toni, der italienische Wirt vom »Hotel zum Hirsch«, grinste übers ganze Gesicht.

»In einer Stunde werde ich Sie abholen und zur Stadthalle bringen«, sagte Pablo und unterdrückte ein Lachen, als der Schriftsteller wie benommen dem »Hotelboy« folgte, der niemand anderer war als José, der sechzehnjährige Sohn des angeblichen Chauffeurs.

»Suite Franz Josef Strauß«, sagte Toni, und der Schriftsteller erfuhr unterwegs, daß der verstorbene Politiker zu Lebzeiten nur in dieser Suite wohnen wollte, weshalb sie nach ihm benannt worden war.

Der Hotelbesitzer, der Chauffeur und der Buchhändler lachten Tränen, als der »Hotelboy« vom Staunen des Schriftstellers erzählte, der alles glaubte und seine Freude nicht unterdrücken konnte, so daß er sich zwei Sekunden nach der Ankunft gleich das Telefon schnappte und eine gewisse Luise anrief, um in den Hörer zu frohlocken: »Stell dir vor, ich habe nicht nur einen Chauffeur, der mich Sir nennt, ich übernachte in demselben Bett, in dem Franz Josef Strauß einmal geschlafen hat. Ja, wirklich, da hängt ein Messingschild über dem Bett. 22.1.1974 steht darauf. Ist doch irre, nicht?«, und er jodelte ungehemmt vor Freude und Stolz. Erst dann bemerkte er, daß der »Hotelboy« immer noch da war. Umständlich händigte er ihm ein Fünfmarkstück aus.

Um sieben Uhr holte der »Chauffeur« den Schriftsteller ab und fuhr ihn diesmal zweimal durch den Tunnel, um ihn in die Stadthalle zu bringen, die mit dem Rücken zum Hotel stand, in zwanzig Meter Entfernung.

Der Autor las immer noch vertieft in jenem Konvolut, das nach einem chaotischen Brief aussah.

Die Stadthalle war gerammelt voll. Manfred S. war gespannt auf den neuen Roman des Schriftstellers, doch er mußte gemeinsam mit dem Publikum das ertragen, was Shooting-Stars in der Regel anbieten: Langeweile. Abhandlungen, die von Eitelkeit geleitet sind, und krampfhafte Aufzählungen all der Berühmtheiten, die Seine Exzellenz, der Schriftsteller, inzwischen duzte.

Das Publikum war starr vor Schreck. Dafür zahlte man nicht zwanzig Mark. Jede Talk-Show im Fernsehen bot kostenlos mehr.

Der Schriftsteller versuchte heitere Episoden zu erzählen, doch die Mienen im Saal verdüsterten sich. Er erzählte Intimes, dem Publikum wurde es peinlich. Dann kam er auf den Brief zu sprechen, den er von seiner Geliebten bekommen habe, von der angeblich sein neuer Roman handeln sollte. Anbiedernd sagte er zum Publikum: »Und nun ein Beispiel von vielen, damit Sie sehen, wie eng Literatur und Leben bei mir verbunden sind. Ich komme, um Ihnen vom Seitensprung meiner Frau Luise zu erzählen, der ja den Kern meines Romans bildet, und was bekomme ich im letzten Augenblick vor der Abfahrt? Einen vierzehnseitigen Brief von ihr, in dem sie mir aus ihrer Sicht dieses Kapitel neu geschrieben hat. Es ist nur schade, daß ich auf der Fahrt vom Hotel hierher kaum die Schönheit der Stadt wahrnehmen konnte. Ich habe nur am Rande die vielen Tunnel zur Kenntnis genommen, die auf der Strecke zwischen dem Hotel und der Stadthalle liegen. Einem guten Beobachter entgehen eben auch Kleinigkeiten nicht. Offensichtlich hatten Sie vorausschauende Stadtplaner, die den Verkehr größtenteils unterirdisch geleitet haben.«

Das Publikum tobte vor Lachen, und der Autor war verwirrt, er verstand die Welt nicht mehr. Er stotterte noch ein paar Zeilen des Briefes herunter, las das entsprechende Kapitel seines Romans und ging zornig von der Bühne ab. Die Bücher, die sich auf dem Tisch türmten, wollte keiner.

Der Autor tobte anschließend im kleinen Kreis über das unverschämte Publikum, das bei Tragik lachte und bei Witzen erstarrte. Und er tobte noch mehr, als er vom Buchhändler erfuhr, daß Bahnhof, Buchhandlung, Stadthalle und Hotel in einem Umkreis von hundert Metern lagen und daß die Sache mit dem »Chauffeur« gespielt war, um seinen Vertrag zu erfüllen.

Auf einmal war der Autor nur noch ein Häufchen Elend, das Mitleid erregte.

Am nächsten Morgen verließ er klammheimlich das Hotel. Im Zug Richtung Süden schwor er sich, nie wieder in der Stadt X zu lesen.

Und zur selben Stunde schwor Manfred, nie wieder diesen Autor einzuladen, auch wenn er den Nobelpreis erhalten sollte.

Aber nun zurück zu meinen Doppelgängern. Die kuriosesten Abenteuer erlebte ich mit Salman Attabil, R3. Nicht nur könnte er Modell stehen für den klassischen Misanthropen, er war der geborene Anarchist. Das Wort Ordnung bewirkte bei ihm asthmatische Anfälle. Salmans Vater war ein wohlhabender türkischer Anwalt aus bürgerlicher Istanbuler Familie, seine Mutter eine Syrerin aus bettelarmen Verhältnissen. Er war Einzelkind und erlebte zunächst eine reiche Kindheit, später hat der Tod seines Vaters die Familie ruiniert. Und nebenbei bemerkt, man witzelt viel und mit Recht über Neureiche, diese Trampeltiere in Seide. Aber über heruntergekommenen Adel berichtet man wenig. Ich hatte in meiner Kindheit arme Nachbarn gehabt, die aus adeligen Verhältnissen stammten. Sie waren furchtbar. Salman Attabil war auch ein solcher Abkömmling verarmter Großbürger.

Die Mutter, bettelarm geworden und ungeliebt von den Schwiegereltern in Istanbul, wanderte mit ihrem Sohn als eine der ersten türkischen Gastarbeiterinnen nach Deutschland aus. Sie lebte in Erlangen, wo sie bei einem großen Elektronikkonzern arbeitete. Salman wollte von seiner Mutter nichts mehr wissen, und seitdem er nach Köln umgesiedelt war, traf er sie nur einmal in zehn Jahren. Seine Verachtung richtete sich nicht gegen ihre kulturelle, sondern nur gegen ihre soziale Herkunft. Salman Attabil waren alle Nationen gleichgültig.

Er lebte also in Köln. Wenn einer zum Spion geeignet war, dann dieser Salman. Er war auf der Straße elegant gekleidet wie ein englischer Gentleman mit Mantel, Hut, Krawatte und Weste. Seine Wohnung war jedoch eine Müllhalde, verteilt auf zwei Zimmer. Ich hatte bei der Vorbereitung der Tournee den Fehler gemacht, mich überreden zu lassen, nicht im Hotel, sondern bei ihm auf einem Sofa zu übernachten, das nach Fuß-, Schafs- und reifem Schimmelkäse gestunken hat. »Nie wieder«, schwor ich mir damals auf der Rückfahrt.

Er war vereidigter Dolmetscher für Türkisch und Arabisch und lebte mehr schlecht als recht von kleinen Aufträgen. Zu allem Übel schrieb er auch noch Gedichte! Mein Gott, wenn Nazim Hikmet sie hätte hören müssen!

Salman Attabil neigte zur Fülle, trank selten, aber dann Unmengen Rotwein. Er rauchte drei Packungen französische Zigaretten am Tag. Ich begriff schnell, daß man ihn an die Kandare nehmen mußte, und er versprach auch, sich Mühe zu geben. Aber das waren Vorsätze, die, wie mir die Zeit später zeigte, ohne Folgen blieben.

Aber das war nicht der ganze Salman. Er hatte einen unnachahmlichen Witz und umwerfenden Charme. Sein Humor war eher englischer Natur, und er nuancierte seine Sprache wie Peter Ustinov. Im Gegensatz zum gierigen R1 war Salman Attabil gegenüber Geld völlig gleichgültig. Er wirkte auf mich wie der gestrandete Sohn eines osmanischen Sultans, der nun verarmt war, aber auf sein majestätisches Gehabe nicht verzichten wollte. Und so komisch es klingen mag, immer wenn ich Salman Attabil sah, dachte ich an einen portugiesischen Adligen, den ich 1975 kurz nach der Revolution in Lissabon kennengelernt hatte. Er war verarmt und lebte in einer Müllhalde aus Fetzen von Vorhängen, Kleidern und schillernden Erinnerungen. Salman Attabil war genauso. Nichts und niemand ekelte ihn so an wie seine tüchtigen Landsleute, die türkischen Lebensmittelhändler. »Das ist das zweite Gesicht des Mittelmeers: Kleinkrämer«, fluchte er, als ich ihn einmal beim Einkaufen begleitete. Er verschlang Unmengen, und es war ein großes Problem für ihn, sein Gewicht zu kontrollieren. Er neigte in allem zu Extremen. Manchmal hatte ich den Verdacht, daß dieser Doppelgänger im Alter von vier Jahren einen Schlaganfall erlitten hatte, der den Teil seines Hirns für immer gelähmt haben mußte, der für Differenzierung zuständig ist. Das ist übrigens auch ein Phänomen der orientalischen Herrscher: Je höher ein Mann im Staat aufsteigt, um so reduzierter werden die Farben der Wirklichkeit in seinen Augen. Deshalb auch paßte das Bild eines herrschaftlichen Abkömmlings auf Salman. Die Welt war bei ihm nur noch schwarz-weiß, Zwischentöne kannte er nicht. Sehr oft erschien mir seine Haltung mutig und eindeutig, und dann wieder mußte man ihm Feigheit vorwerfen. Aber weder das eine noch das andere war richtig. Er entschied immer schnell und fanatisch wie unsere orientalischen Herrscher und war entschieden auf der einen oder anderen Seite. Und so extrem lebte er auch. Er hungerte zwei Wochen lang mit einer Nulldiät zwanzig Kilo herunter und sah plötzlich krank und eingefallen aus wie sein Großvater, dessen Bild er in seinem Zimmer mit Tesafilm an die Wand geklebt hatte. Seine Laune verlor er mit seinem Fett und war dann in der ersten Phase unerträglich, verdarb einem die Lust am Essen und Trinken mit seiner Gebetsmühle über Kalorien und Fettleber. Er war in dieser Phase auch sehr streitsüchtig. Dann aber nahm er wieder zu, sah sehr schön aus und war bester Laune, bis er die Hundert-Kilo-Grenze überschritt, und dann wieder häßlich und unerträglich wurde.

R3 war natürlich nie bereit, auf seinen Terminplan zu achten. Immer wieder kam er zu spät und ruinierte meinen Ruf.

Ich bin fünfzehn Jahre herumgereist und habe keinen einzigen Termin vermasselt – und nun das. Es gehört schon eine hohe Kunst dazu, auf der Strecke zwischen Köln und Bonn (29,5 km von seiner Haustür entfernt) zwanzig Minuten Verspätung zu haben, und nur mit Mühe konnte die Buchhändlerin das Publikum halten. Später betonte sie mir gegenüber am Telefon, wie schnell sie und das Publikum »mir« die Verspätung verziehen hätten. In einer Buchhandlung in Koblenz wollte das Publikum schon gehen, als R3 charmant lachend eine halbe Stunde zu spät hereinkam. »Ich bin seit Stunden hier in Koblenz«, sagte er fröhlich, »habe aber eine ehemalige Freundin getroffen, und ein Wort ergab das andere und ein Kaffee folgte dem anderen. Wir haben uns leider im Bahnhofscafé verplaudert.« Und das Publikum nahm es ihm ab. Es gibt eine bestimmte Art von Menschen, die die Kunst beherrschen, den Zorn der Menschen in eine Mischung aus Mitleid, Verachtung und Heiterkeit zu verwandeln. Salman Attabil war ein Meister dieser Kunst. Nach genau zehn Minuten hatte er den Saal in der Hand, und die Leute vergaßen, daß sie gerade noch auf ihn geflucht hatten.

Doch mein Kragen platzte endgültig Mitte Februar. Bei allen Versäumnissen hatte ich immer noch Verständnis, Mitleid und Geduld aufgebracht. Araber sind Meister der Geduld, deshalb können sie zwischendurch so explodieren wie kein anderes Volk.

Doch was sollte ich von einem halten, der eine Lesung in Köln, in seiner eigenen Stadt, verschläft? Er wohnte zwei Straßen entfernt von der Straße, in der die Buchhandlung liegt, und versäumte beinahe die Lesung.

Ich hatte R3 genau über die Buchhandlung und meine früheren Lesungen informiert. Es war alles perfekt vorbereitet. R3 sollte sich als Belohnung eine Nacht in jenem feinen Hotel gönnen, das der Buchhändler bereits reserviert hatte. Beruhigter als an jenem Abend hätte ich nicht sein können. Doch es kam anders.

Viertel vor acht tauchte ich aus einer Szene einer Geschichte auf, an der ich lange gearbeitet hatte. Es ging um das nackte Überleben meines Helden.

Im Juni schaffte er (der Geizkragen, bei dem der Held der Geschichte arbeitete) *das Hammelfett ganz ab. Als ich danach fragte, erwiderte er: »Milad, Fett macht dick und träge.« Ich hatte damals außer meiner blassen Haut nichts auf den Knochen und sah älter aus als heute* …, schrieb ich gerade, als durch das Wort »Fett« tief in mir eine Alarmglocke zu läuten begann.

»Der Fette!!!« rief ich unbewußt vor mich hin und griff wie hypnotisiert zum Telefon.

R3 nahm ab. Er saß noch in seiner Wohnung.

»Was machen Sie denn noch da?« rief ich entgeistert.

»Ich wollte gerade Spaghetti kochen.« Mir fehlten nicht die Worte, sondern eine ordnende Macht im Hirn. Durch die Lawine der Schimpfworte, die gleichzeitig aus den dunkelsten Ecken meiner Sprachkammer strömten, kam es zum Stau auf meiner Zunge. Ich brüllte einen wortlosen Urschrei. R3 erschrak mächtig und winselte um Verzeihung. Ich befahl ihm, er solle sofort den Buchhändler anrufen und sagen, daß er eine Autopanne gehabt habe und nun in Köln angekommen sei. Dann solle er ein Taxi nehmen und zur Buchhandlung rasen.

»Soll ich trotzdem die Reisetasche mitnehmen?« fragte R3 völlig eingeschüchtert.

»Natürlich, aber beeilen Sie sich!« herrschte ich ihn an. Er schaffte es gerade noch, und der Buchhändler war zufrieden. Das Publikum auch. Das konnte ich an der Zahl der Bücher erkennen, die an jenem Abend verkauft wurden.

Salman Attabil ging nicht in das gebuchte Hotel, sondern eilte nach Hause, weil er Angst hatte, die Herdplatte unter dem Spaghettitopf nicht ausgeschaltet zu haben. Gott sei Dank war nichts passiert. Er hatte die Platte doch ausgeschaltet. Wir lachten am Telefon wie die Kinder, und ich dachte, vielleicht ist R3 der einzige Gesunde unter uns allen, die wir an der Zeit erkrankt sind und das nicht einmal merken. Salman Attabil war nur in der falschen Zeit geboren worden und lebte auf dem falschen Fleck Erde.

Doch dann kam der Auftritt in Krefeld.

Krefeld war eine besondere Angelegenheit, und da mache ich mir bis heute den Vorwurf, im Streß nicht genau aufgepaßt zu haben, wer dorthin gehen sollte. Alle Doppelgänger wären besser geeignet gewesen als R3, doch ich entschied, fast ohnmächtig vor Müdigkeit und total abgestumpft durch die Planung von 800 Vorträgen, mechanisch nach geographischen Gesichtspunkten, und Salman Attabil wohnte ja in Köln, also Krefeld am nächsten. Erst am Tag der Lesung bekam ich Zweifel. Ich rief ihn an und versuchte ihn zu ermahnen, daß er mir in Krefeld keine Schande machen solle. Meine Angst hatte reale Ursachen.

Man kann es nicht glauben, aber R3 war ein Ausländerhasser erster Güte. Durch den Druck der Mehrheit und die Verbitterung der Einsamkeit entsteht oft Selbsthaß bei Ausländern. Man verinnerlicht den Haß und kehrt ihn gegen sich selbst. Das war mir schon bekannt, aber bei R3 kam eine Hochnäsigkeit dazu, die nur Söhne feudaler Familien gegen das Fußvolk zeigen. Am meisten haßte er wie gesagt seine Landsleute, die Türken. Mit Türken wollte er nichts zu tun haben. Traf er einen von ihnen, so sagte er, er sei Kurde, und bei einem Kurden wurde er schlagartig zu einem Syrer.

Seiner Meinung nach waren die Ausländer in ihrer Mehrheit Dealer, Messerstecher und Zuhälter, die vor ein Erschießungskommando gehörten, und wäre es nach ihm gegangen, wären sämtliche Wände durchlöchert gewesen, denn viele Ärzte, Bankiers, Politiker, Homosexuelle, der Papst, die Juden, die Mullahs und vor allem die Kommunisten gehörten seiner Überzeugung nach ebenfalls erschossen. Die letzteren sah er nach dem Niedergang des Kommunismus in den Reihen der Grünen, Sozialdemokraten und Christdemokraten am Werk.

Meine Krefelder Leser und Zuhörer aber waren in ihrer Mehrheit ausländerfreundlich und fortschrittlich. Sie hatten gemeinsam mit der Buchhändlerin meine jährliche Lesung in ein Fest verwandelt. Fünf, sechs Jahre hintereinander war ich immer im Dezember aufgetreten. Ich wollte meine Tourneen in Krefeld mit diesem Fest abschließen, denn Tourneen sind wie Bücher, die letzten Auftritte bleiben wie die letzten Seiten eines Romans am tiefsten im Gedächtnis eingraviert.

Mehrere hundert Leute strömten Jahr für Jahr herbei und predigten nicht Freundschaft, sondern feierten. Viele von ihnen hatten für das Fest gekocht und gebacken, und die Tische bogen sich unter dem Gewicht der leckersten

Gerichte aus vielen Ländern. Ich erzählte, und in den Pausen feierten wir. Danach gab es lange Diskussionen über Gott und die Welt bis zum Morgengrauen. Das waren die Lesungen in Krefeld.

Deshalb wurde mir die gute Erinnerung zur Last, als ich begriff, wie fehl am Platz Salman Attabil war. Da ich in Berlin einspringen mußte – R4 hatte ja eine schlimme Lungenentzündung –, flehte ich Salman an, mich nicht zu blamieren und seinen Antikommunismus und Ausländerhaß für einen Abend in die Tiefkühltruhe zu stellen.

»Wird gemacht, Chef«, sagte er belustigt, »ich werde also für eine Nacht Marx und die Türken lieben.«

Wir lachten, aber ich mißtraute dem Kerl. Mein Magen rumorte während des ganzen Fluges nach Berlin. Und fast zur gleichen Stunde, um zwanzig Uhr, hielten wir unsere Lesungen, und kurz vor meinem Auftritt flüsterte ich: »Heilige Maria, hilf, daß mir dieses fette Monster nicht alles verdirbt.«

Er hat alles verdorben.

Schon der Anfang war katastrophal. R3, der sich immer verspätet, erschien in Krefeld zwei Stunden zu früh. Das Fest fand immer in einem geräumigen Haus statt, seitdem der Buchladen zu klein für die dreihundert Teilnehmer geworden war.

Die Buchhändlerin und all die freiwilligen Helfer waren gerade dabei, den Saal zu schmücken, Stühle aufzustellen und den Büchertisch einzurichten, die mitgebrachten Leckereien zu verteilen und Sekt-, Wein-, Bier- und Saftflaschen herbeizuschaffen, als R3 eintraf.

Er grüßte kurz, schaute verächtlich auf die Menschen, rauchte und stand allen im Wege.

R3 war nicht nur faul. Er war immer hungrig, und wer diese Freßmaschine nie gesehen hat, wird nicht glauben, was sie alles bei Hunger verdrücken kann, und wird meine folgende Beschreibung für Übertreibung halten. Er hatte seit einer Woche Diät gehalten und an dem Tag außer einem

Apfel, einem Glas Tomatensaft und viel Wasser nichts zu sich genommen. Sein Hunger war also unermeßlich.

Er begann mit den leichten Gerichten. Füllmaterial wie Brot, Reis oder Nudelsalat faßte er nicht an. Er aß nicht nur viel, sondern ziemlich wild, und den Rotwein trank er direkt aus der Flasche.

Eine Platte feinsten Gebäcks, eine zweite kleinere mit Datteln, die mit Schafskäse gefüllt waren, und eine dritte mit Pasturma, einem leckeren luftgetrockneten Schinken aus der Türkei, fielen ihm in kürzester Zeit zum Opfer.

Er aß, rülpste und stocherte zwischen seinen Zähnen die geologischen Schichten übler Reste heraus und warf die abgeknickten, feuchten Streichhölzer zwischen die Platten.

R3 merkte zu spät, daß er als einziger am Büfett zugange war. Es war Brauch bei diesem Fest, daß das Büfett erst in der großen Pause eröffnet wurde. R3 aber forderte, um sein Unbehagen zu verringern, breitmäulig alle Freunde der Buchhandlung zum Essen auf. Einige konnten dann doch der Verführung der restlichen Platten nicht widerstehen, andere reagierten aus Sorge, weil sie befürchteten, daß ihnen bald nur blanke Schüsseln entgegenstarren würden, und so fingen sie nach und nach alle zu essen an. Am Ende erreichte R3 also, daß das Programm durcheinanderkam, und in diesem Chaos fühlte er sich heimisch. Der Anfang der Lesung verging in einer Sinfonie von halbleer gegessenen Tellern und klirrenden Gläsern. Doch dann bekam R3 fürchterliche Blähungen. Wie er meinte, waren die Falafel des einen Arabers wohl nicht ganz frisch gewesen, und deshalb mußte er bei jeder heftigen Geste einen Furz nach dem anderen fahren lassen, aber einerlei ob laut zischend, knatternd oder schallgedämpft, seine Winde stanken bestialisch, und so lichtete sich schnell der dichte Kreis der Zuhörer um ihn herum. Er war nun in heiterer Stimmung und lachte über die eigenen Witze, die er statt meiner Geschichten aneinanderreihte, und da sackte die Lesung vollends ab.

Den Witzen über Frauen folgten Türkenwitze und denen wiederum Araberwitze. Die im Saal verbliebenen Zuhörer erstarrten, und die in die Nebenräume geflüchteten Gäste kehrten schweigsam zurück, um diesen unglaublichen Wandel mit offenem Mund und ungläubigen Augen zu erleben. Als er eine halbe Stunde lang nicht zur Geschichte zurückkehrte, bat ihn die Buchhändlerin leise, aber bestimmt, den Vortrag zu unterbrechen und eine Pause einzulegen. Das tat er, aber er verstand nichts. Er setzte in der Pause seine Witze fort, garnierte sie mit seinen Mordgelüsten und schwärmte von einer durchlöcherten Mauer, an der er vor den Augen seiner Zuhörerinnen und Zuhörer seine Gegner erschoß. Das war zuviel, und die Buchhändlerin konnte bei aller gebotenen Höflichkeit nicht mehr schweigen. Sie widersprach ihm erst leise und dann immer lauter, aber statt aufzuwachen, breitete dieser Frauenhasser noch seine Ansichten von der idealen Frau aus. Das war eine Kloake aus düsterer Zeit.

Schließlich gab es einen ordentlichen Krach, und man kam überein, daß sich der schäumende Autor erst einmal ausruhen sollte. Dann würde man sehen, ob die Lesung fortgesetzt werden könne oder nicht. Statt vernünftig zu werden, stürzte sich R3 erneut auf das Essen, als wollte er sich rächen, nahm mit der bloßen Hand aus allen Schüsseln und rief dabei: »Das macht man so bei uns zu Hause.« Die anwesenden Türken und Araber sahen betroffen in die Runde und wollten ihn am liebsten ohrfeigen. Yüksel, Zarifa und Kostas schrieben mir später erbost und zählten mir »meine« Untaten auf. Abdulrahman N. aus Tunesien rief mich aufgeregt an und beschwerte sich über »meine« Schweinereien, die er nicht verstehen konnte. »Meine Freundin war entsetzt«, sagte er, »ich habe sie gerade vor einem Monat kennengelernt, und wir freuten uns auf das Fest. Sie hat dich noch nie gesehen, und immer, wenn irgendein Araber an der Uni eine Schweinerei gemacht hat, sagte ich ihr: ›Warte, bis du Rafik kennenlernst. Das ist das andere Gesicht Arabiens‹«, und nun war seine Freundin verzweifelt über das häßliche Gesicht Arabiens.

Das war mir wiederum zuviel des Guten. Ich mußte mich dagegen verwahren, denn weder mein Doppelgänger noch ich taugten als Gesichter für irgendein Land. »Abgesehen davon«, sagte ich dem jungen Araber am Telefon, »daß das mit dem anderen Gesicht ein Unsinn ist, sollte Ihre Freundin nicht die 140 Millionen Araber lieben, um Sie erträglich zu finden, sondern umgekehrt.«

Mein Gesprächspartner am anderen Ende der Telefonleitung legte auf.

Wie ich weiter erfuhr, sahen viele Gäste den Vielfraß Salman Attabil in der Pause nur noch von der Seite an und entfernten sich leise. Schließlich blieb nur ein harter Kern, der engste Freundeskreis der Buchhändlerin. Statt mit ihnen zu sprechen, schaute R3 entsetzt in die Runde, nahm seinen Mantel und lief wortlos hinaus.

Das war es.

Jahrelang hatten wir diese Lesungen gefeiert, ohne auch nur einmal in der Presse erwähnt zu werden. Und ausgerechnet dieser mißlungene Auftritt wurde am nächsten Tag in allen Details veröffentlicht. »Das Debakel der Multikultis« lautete die Überschrift. Eine Woche später bekam ich einen zehnseitigen, sehr bitteren Brief von der Buchhändlerin.

Ich rief R3 an. Er versuchte nicht einmal, etwas zu vertuschen. Im Gegenteil! Er brauste sofort auf und nannte mich »Zensor«.

Zornig sprach ich die Kündigung aus und mußte in den nächsten zwei Wochen seine Lesungen zwischen Dortmund und Frankfurt selbst absolvieren. Von Salman Attabil hörte ich danach kein Wort mehr.

Und so war ich nun noch mehr gefangen und konnte kaum noch reagieren, auch wenn die Welt bei den anderen zusammenbrach. R2 nervte mich mit der Bitte um Ablösung, da er nicht mehr wollte und konnte. Ich tröstete ihn und hoffte, daß er bis Ende März durchhalten würde. R3 überließ mir fünf Termine. Zwei delegierte ich an den weniger belasteten R5 und vergaß dabei nicht, ihn eindringlich zu mahnen, sich mehr Manieren und weniger Wein anzugewöhnen. R5 war bester Laune und bestand seine Auftritte bravourös.

Die Lesungen in Bremen, Jever und Oldenburg mußte ich selbst übernehmen, weil keiner der Doppelgänger freihatte.

Und wieder war ich unterwegs. Wieder diese Einsamkeit in den Hotels, deren Tapeten manchmal Augenkrebs erzeugen konnten, wenn man sie länger als zehn Minuten anstarrte.

In Bremen war es eiskalt. Ich hatte noch Zeit und so ging ich schnellen Schrittes spazieren, als wollte ich die bitteren Gedanken hinter mir lassen. Plötzlich erblickte ich einen eisernen Stuhl. Er stand alt und verrostet auf einem vereisten Teich. Herbstblätter, umhüllt von Rauhreif, lagen im Licht und schimmerten rotorange wie die rostigen Stellen des Stuhls. Ich blieb eine Weile stehen, und die Schönheit dieses Bildes erfüllte mich mit Trauer. Hier faßte ich den Entschluß, endgültig aufzuhören.

Vom Nomadenleben der Bücher

Viele Gedanken strömten heute nacht durch meinen Kopf. Draußen war es ruhig, und in mir brodelten die Erinnerungen. Ein Brief meiner Schwester hatte das Feuer entfacht. Ein Brief, der Damaskus bereits im Februar verlassen hatte und mein Versteck erst jetzt, Ende April, erreichte. Die Odyssee war lang, aber immerhin sicher. In diesem Brief teilte sie mir mit, daß der Buchhändler Ismail im Alter von achtzig Jahren gestorben war. Er habe bis zu seinen letzten Tagen immer von mir gesprochen, wenn er ihr begegnet sei. Er betrachtete es sozusagen als sein Verdienst, daß ich Schriftsteller geworden war, und so unrecht hatte er nicht.

Schon im Kloster allerdings wurde ich süchtig nach Büchern. Damals wollte mein Vater aus mir einen Pfarrer machen und schickte mich in ein libanesisches Kloster. Dort entdeckte ich die schönste Bibliothek der Welt, und in ihrem Gewölbe schlugen mich die Bücher in ihren Bann. Ich saß stundenlang und las und las, bis ich manchmal erschöpft über dem Buch einschlief.

Ich erinnere mich an eine Erkrankung mit hohen Fieber. Ich verließ in der Nacht barfuß den Schlafsaal und ging in die Bibliothek, die im Keller lag. Dort öffnete ich wie hypnotisiert einen Glasschrank und holte einen dicken, ledergebundenen Band heraus. Seinen Titel vergesse ich nie: *Das Buch der abenteuerlichen Seereisen.* Ich war bei Magellan angekommen, bevor ich krank wurde, und erinnerte mich daran, daß der Seefahrer irgendwo auf einer kleinen Insel umgebracht werden sollte. Das wurde in der Zusammenfassung erwähnt, die dem Kapitel vorangestellt war.

Niemand hatte mich bemerkt. Ich versteckte das Buch zwei Wochen lang unter meiner Matratze und las heimlich weiter. Ich glaube heute sogar, daß ich jeden Morgen Fieber bekam, damit der Klosterarzt mich im Bett lassen mußte, bis ich dieses dicke Buch zu Ende gelesen hatte.

Als ich zwei Jahre später nach Damaskus zurückkehrte, war ich bitter enttäuscht, weil es damals noch keine öffentliche Bibliothek gab. Ich lieh jahrelang Bücher von einem Buchverleiher, und als ich seine Bibliothek ausgelesen hatte, lernte ich den Buchhändler Ismail kennen, der mich bei meinem ersten Besuch in seiner Buchhandlung merkwürdig musterte. Als ich gleich mit drei Büchern zur Kasse kam, gab er mir freiwillig Rabatt. »Damit du ein zweites Mal kommst«, sagte er väterlich. Er war damals um die Fünfzig. Und ich kam ein zweites und ein tausendstes Mal. Er hatte immer ganz besondere Bücher, die legalen und die verbotenen (die nur vertrauenswürdigen Kunden gezeigt wurden). Und er war ein kluger Buchhändler, bei dem alle Intellektuellen Schulden machten. Nicht selten mußte er die Namen der Schuldner streichen, weil sie starben, umzogen oder einfach das Lesen aufgaben und nicht mehr zu ihm kamen. Gelebt hat er von Zeitungen, Zeitschriften und Schulbedarf. Zwei große Gymnasien und ein Kino waren in seiner unmittelbaren Nähe. Literatur war allerdings seine Leidenschaft, und das erkannte ich, als ich Jean-Paul Sartre und Simone de Beauvoir im Original lesen wollte. Er importierte mir die Bücher aus Frankreich ohne Zusatzgebühren, wollte von mir aber dafür genau erzählt bekommen, was in den Büchern stand. Stundenlang erzählte ich, und er machte Tee und hörte zu, verkaufte Hefte, Radiergummis und Bleistifte und hörte wieder zu, schloß den Laden und hörte zu, wartete auf den Bus und hörte zu und verabschiedete sich von mir im letzten Augenblick mit den Worten: »Aber morgen kommst du früher!«

So war er.

Eines Tages erwischte Ismail einen geschickten Ladendieb. Seit Wochen hatte er bemerkt, daß immer Bücher fehlten, nachdem dieser eine Kunde bei ihm gewesen war.

Dann erwischte er ihn. Der junge Mann rannte nicht weg und jammerte nicht. Er gab seinen Diebstahl zu, und auch, daß er noch mehr Bücher gestohlen habe, weil die Bücher dieses Buchhändlers besonders gut seien. Wie viele Bücher er genommen hatte, konnte der Dieb nicht genau sagen. So beschloß der Buchhändler, den Dieb nach Hause zu begleiten, um anhand der Preisetiketten seine Bücher aufzuspüren. Gesagt, getan. Der Dieb wartete im Laden, bis der Buchhändler zumachte, und dann gingen beide in die Wohnung des Diebes.

»So etwas hast du noch nie gesehen«, schwärmte Ismail mir später vor, »ein Haus voller Bücher, vom Dach bis zum Keller. Alles liebevoll und klug geordnet. Wenn ich nicht übertreibe, so sind im Haus etwa zwanzigtausend Bände bester Qualität. Taschenbücher und billige Romane klaute der Herr nicht«, erzählte er und lachte. Etwa zweihundert Bücher hat er wiedergefunden. Sie waren in bestem Zustand, und der passionierte Dieb half selbst bei der Suche. Ismail erzählte das alles ohne Zorn, eher mit Bewunderung für diesen schüchternen Mann, der von einer kleinen Erbschaft lebte und Bücher leidenschaftlich liebte. Der Buchhändler war nur über sich selbst erbost, daß so viele Bücher aus seinem Laden verschwinden konnten, ohne daß er es bemerkt hatte. Die Suche dauerte drei Wochen. Jeden Tag kam der Ladendieb kurz vor Ladenschluß und begleitete den Buchhändler höflich zu sich nach Hause, bewirtete ihn königlich und half ihm bei der Suche. Gegen Mitternacht kehrte der Buchhändler dann mit zwei vollen Tüten heim. Und jedesmal hatte er selbst ein schönes Buch aus dem Regal des Bücherdiebes gestohlen. Es waren wunderbare, ledergebundene Ausgaben der besten Dichter arabischer Zunge.

Ob der Dieb das gemerkt hat? Das blieb sein Geheimnis. Eines dieser Bücher hat Ismail mir vor meinem Abflug nach Deutschland geschenkt. Es ist ein Gedichtband von Almutanabi, einem der Sprachgewaltigen, die Arabien hervorgebracht hat.

Das ist viele Jahre her, und ich bin dreihundertmal in Deutschland umgezogen und habe dabei viele Gegenstände und Bücher verloren, doch dieser eine Band blieb immer bei mir. Und von diesem Buchhändler lernte ich das schönste Sprichwort der Welt, das je über Bücher gesagt wurde. Den Garten, den man in der Tasche trägt, kennen viele, aber das schönste Sprichwort der Welt über das Buch lautet:

Der beste Platz auf Erden
ist ein schwebender Sattel
und der beste Gesprächspartner
unter den Lebenden
ein Buch.

Bis zu seinem siebzigsten Lebensjahr hat Ismail die Buchhandlung noch geführt, dann gab er sie ab. Innerhalb eines Jahres schaffte der neue Besitzer die Bücher ab und ersetzte sie durch Geschenkartikel. Ismail ging nie wieder an seiner Buchhandlung vorbei.

Nun aber nehme ich den Faden wieder auf, um zum Kern meiner Geschichte vorzustoßen. Ende Februar erholte sich Doppelgänger R1 von seiner Erkrankung, doch er verfiel immer mehr dem Alkohol. Ich mußte viele Lesungen von Aqil Maisun, R2, auf die anderen Doppelgänger verteilen. Wie ein Magnet zog er die Ausländerfeinde an. Innerhalb eines halben Jahres wurde er so oft angegriffen wie ich nicht einmal in dreißig Jahren. Da Ausländerfeinde zur Gattung der Wölfe gehören, streifen sie nicht nur gerne in Meuten herum, sondern riechen die Angst ihrer Opfer schon aus größter Entfernung. Die Zivilisation, die unsere Riechorgane fast lahmgelegt hat, ist an solchen Menschenhassern ohne jeden Einfluß vorübergehuscht. Sonst könnte man den Fall R2 nicht erklären. Er war für zwei Lesungen nach Braunschweig gefahren und war nach seinen Angaben voller Freude, weil ich ihm vom Engagement der ersten Buchhandlung in Sachen Kinderliteratur und von der Vornehmheit der zweiten Buchhandlung, bei der er die Abendlesung halten sollte, erzählt hatte.

Die erste Lesung fand nachmittags in einer großen Halle statt, und da sie sich an Kinder richtete, veranstaltete die Buchhändlerin sie als großes Kinderfest. Mein Doppelgänger R2 bemerkte gleich zu Beginn einen Mann in schwarzer Lederkleidung, der mit unbewegtem Gesicht am Rand stand und ihn leise beschimpfte. Ein blondes Mädchen saß R2 zu Füßen und streichelte immer wieder seine Knie. Ein alltäglicher Fall von Zuneigung und Annäherungsversuchen von faszinierten Kindern gegenüber dem Objekt ihrer Bewunderung: dem Märchenerzähler. Dies gefiel dem Mann offenbar überhaupt nicht.

Nach der Lesung sollte es Getränke und Spiele für die Kinder geben. Der Mann aber reagierte völlig überzogen. Er stürzte nach vorne und schleppte mit Gewalt seine Tochter weg, die entsetzt weinte und natürlich dableiben wollte. Die Buchhändlerin redete auf den Mann ein. Nichts zu machen. Er trug das schreiende Mädchen hinaus.

Abends erschien der Mann mit einem anderen, auch in schwarzem Lederdreß. Sie standen vor der zweiten Buchhandlung. Sie schimpften nicht. Sie standen in der Dunkelheit und rauchten. R2 hielt eine seiner schlechtesten Lesungen. Er war unruhig. Als er anfing zu signieren, fiel sein Blick durch das Schaufenster der Buchhandlung auf die zwei Männer, die immer noch in der Dunkelheit standen und rauchten. Es war eiskalt, doch die zwei harrten in der Kälte aus.

»Nun wußte ich, daß sie mich zusammenschlagen wollten. Warum? Keine Ahnung. Ich blieb noch eine Weile, sprach mit dem jungen Geschäftsführer und konnte mich bald vergewissern, daß die beiden verschwunden waren.«

Draußen war es dunkel und kalt. Aqil Maisun verabschiedete sich und stieg in sein Auto. Er war noch nicht einmal hundert Meter gefahren, als er ein Auto hinter sich sah. Am Lenkrad der Mann im schwarzen Leder. Eine wilde

Hetzjagd nahm ihren Anfang. Der Verfolger bedrängte ihn und griff ihn an, doch Aqil war ein teuflischer Fahrer, der es mit jedem Profi aufnehmen konnte. Er sauste mit seinem Wagen auf die Autobahn A2 bis Peine, wo er durch einen glücklichen Zufall ein lebensgefährliches Überholmanöver erfolgreich beendete, bevor zwei Lastwagenmonster – offenbar im Streit – hinter ihm die Autobahn wie eine rollende, donnernde Sperre blockierten. Da ergriff Aqil Maisun die Gelegenheit und verließ, von seinen Verfolgern unbemerkt, die Autobahn, bog bei der ersten Seitenstraße in Peine ein und schaltete Motor und Licht aus. Eine Stunde lang stand er da in der Stille und horchte, bis er sicher war, daß niemand mehr hinter ihm war. Er hatte sie abgehängt.

Eines Nachts Ende Februar bekam ich sehr spät einen Anruf. Ich hatte an jenem Tag viel Glück beim Schreiben gehabt und war zufrieden. Ich wollte gerade einen Rotwein trinken und dabei noch etwas fernsehen, als das Telefon klingelte. Der Anrufbeantworter war eingeschaltet, und ich hörte die heitere Stimme von Aladin Ido, R4, aus Weimar. Er war fröhlich und wünschte mir eine gute Zeit, und als er sagte, wenn ich zu Hause wäre und Lust hätte, eine kleine Geschichte zu hören, sollte ich abnehmen oder ihn bei Gelegenheit zurückrufen, nahm ich ab. Er lachte: »Ich weiß, wie ich Sie vom Computer befreie: mit Geschichten.«

»Ich war nicht am Computer. Ich habe gerade eine Flasche Wein entkorkt und wollte …«

»Ist eine Frau bei Ihnen? Dann entschuldigen Sie«, unterbrach er.

»Nein, nein. Ich bin allein, aber ich habe heute etwa acht Stunden am Text gearbeitet und bin gut vorangekommen. Und ich höre immer gerne dort auf, wo ich weiß, wie ich am nächsten Morgen weitererzählen kann. Was für eine Geschichte haben Sie erlebt?«

»Der Schriftsteller Hans J. G. schnappte mir eine Verehrerin weg, dafür tröstete ich seine Frau die ganze Nacht«, brüstete er sich voller Stolz.

»Das hört sich ja nach Mittelalter an«, entgegnete ich. »Wie wäre es mit der Variante: Die Dame hat nicht Sie bewundert, sondern sich den Kollegen Hans J. G. geschnappt, und seine Frau freute sich, ihn für eine Nacht losgeworden zu sein, um sich Sie zu angeln, Sie Chauvi. Aber wo ist die Geschichte?«

Er lachte. »Der Reihe nach. Ich hatte ja drei Lesungen in zwei Tagen als Vertretung für R2. Die erste war in Hannover, und stellen Sie sich vor: Wir sind danach zum Italiener essen gegangen. Dort mußte ich erst einmal genau hinschauen und glaubte trotzdem meinen Augen nicht: R2 saß allein in einer Ecke und stopfte eine Pizza in sich hinein. Gott sei Dank hatte noch keiner von der Buchhandlung ihn gesehen. Ich tat so, als ob ich auf die Toilette gehen wollte und fauchte R2 beim Vorbeigehen an, er solle mir folgen. Er war erschrocken, denn er hatte nicht erwartet, daß wir ausgerechnet zu diesem Italiener kommen würden. Er wohnt ja direkt über dem Restaurant. Welch ein blöder Zufall. Wir verständigten uns auf der Toilette, daß er so schnell wie möglich verschwinden sollte. Stellen Sie sich vor: zwei Rafik Schamis in einem Restaurant!

Am nächsten Tag hatte ich zwei Lesungen in Bielefeld, eine am Nachmittag in der Bibliothek und eine am Abend in einer Buchhandlung.

Die Bibliothekarin warnte mich bereits vor der Lesung scherzend, daß der Kollege Hans J. G., der am Vortag bei ihr gelesen hatte, extra in Bielefeld geblieben sei, um einmal einer Lesung von Rafik Schami beizuwohnen, von dem er so viel gehört hatte. Jedenfalls tanzte er plötzlich mit fliegendem Mantel und Frau in meine Lesung hinein. Und bereits nach zwei Minuten war er mir unsympathisch. Seine Frau musterte mich dauernd, und er erzählte pausenlos von seinem Abscheu gegen das Publikum. Bei seiner Lesung waren es gerade zehn Leute gewesen. Also hatte er nicht so furchtbar viel zum Verabscheuen gehabt.

»Sie sind ein Zauberer«, sagte er, nicht ironisch, sondern abfällig, wie Erwachsene manchmal ihre Kinder als Künstler bezeichnen. Ich reagierte nicht. Eine Verehrerin klebte an meinen Fersen. Eine Schönheit sondergleichen, wir hatten schon in der letzten Stunde vor der Lesung so gut wie alles geklärt. Ich ging mit der Frau hinaus, wir rauchten eine Zigarette zusammen, und bald schmusten wir und waren scharf aufeinander. Wir vereinbarten, die Einladung der Bibliothekarin anzunehmen, ein Gläschen Wein zu trinken und dann schnell ins Hotel zu fahren, wo wir uns bis zur abendlichen Lesung amüsieren konnten, und dann wollte sie mit zur Lesung gehen und die ganze Nacht bei mir verbringen. So weit, so gut.

Ich hatte mir eine schöne Nacht in den weichen Armen dieser Frau ausgemalt. Doch es kam anders. Wollen Sie weiterhören?«

»Sie sind ein Gauner, Aladin! Selbstverständlich will ich hören.« Ich kannte den genannten Kollegen Hans J. G. nicht. Er hatte viele Bücher geschrieben und offenbar bereits in den Siebzigern als junger Autor einen gewissen Erfolg gehabt.

»Nach der Lesung«, fuhr der Casanova von Weimar fort, »gingen also die Bibliothekarin und deren Mitarbeiter, ich und Nadine, so hieß die Schönheit, zu einer kleinen Bar, und wer hängte sich dran? Natürlich der Kollege Hans J. G. mit seiner Frau. Haben Sie den Typen jemals gesehen?«

»Nein«, antwortete ich.

»Er ist so attraktiv wie ein gekochtes Huhn mit Nickelbrille«, giftete der enttäuschte Doppelgänger, »Wir tranken also gemeinsam ein Gläschen Wein«, fuhr R4 fort, »und dann brachen die Bibliothekarin und die anderen auf. Nadine und ich blieben – und wer blieb noch? Na? Das geile Huhn mit der Nickelbrille – ›Rücken wir doch zusammen‹, sagte der Schriftsteller. Ich winkte meiner Schönheit, wir sollten jetzt abhauen, doch sie lächelte mich verlegen an und blieb sitzen. Und mit einem Ruck hatte der Gockel bereits seine Kralle um die Frau gelegt. So etwas habe ich noch nie gesehen. Ich hielt mich immer schon für einen schnellen Anmacher, aber da war ich ja eine Pferdekutsche im Vergleich zu dieser Rakete. Als wäre er mit der Frau allein, fing Hans J. G. hemmungslos und angeblich im Spaß an, sie zu befummeln. Immer wieder legte er den Arm um ihre Schultern, zog sie zu einem Witz an sich, und dabei trennte er sie von mir wie ein Krake seine Beute vom umgebenden Riff. Darin war er offenbar geübt. Nadine war völlig durcheinander. Sie wirkte verwirrt und gelähmt von so vielen Überraschungen an einem Tag und ließ sich wie benommen alles gefallen. Ich merkte, daß sie wütend auf mich war, wußte aber nicht, warum.

Sie flüsterte noch eine Weile mit dem lästigen Autor und verabschiedete sich mit den Worten: ›Ich muß schnell nach Hause, aber wir treffen uns ja heute abend.‹ Umständlich stand Hans J. G. auf, um Nadine vorbeigehen zu lassen, nachdem er sie die ganze Zeit in der Ecke vereinnahmt hatte, und noch umständlicher verabschiedete er sich von ihr. Sarah, seine Frau, lachte über ihren Mann. Sie lachte rücksichtslos, ja fast hysterisch und schüttelte immer wieder den Kopf. Nun waren wir zu dritt da. Der Autor war verlegen, weil er spürte, daß er zu weit gegangen war. ›Habe ich sie vielleicht erschreckt? Ich fand sie sympathisch, und sie erinnerte mich sehr an eine französische Schauspielerin, wie hieß sie noch?‹

Er kam nicht auf den Namen.

Sarah lachte giftig. ›Vielleicht hast du schon wieder jemandem ein kleines Abenteuer vermasselt mit deiner Aufdringlichkeit‹, sagte sie und zeigte auf mich.

›Oh, das tut mir leid. Habe ich das?‹ flüsterte der Autor mit besorgtem Gesicht, und ich glaube wirklich, es war nicht geheuchelt.

Ich war feige. ›Nein, eigentlich nicht. Die Frau ist nett

und hat eine erotische Ausstrahlung, aber sie ist verheiratet‹, antwortete ich betont gelangweilt.

›Und ich bin Kassandra, die Seherin. Ihr wärt im Bett gelandet, wären wir nicht mit unserer langen Nase dazwischengeplatzt. Verheiratet! Was sagt das schon, verheiratet? Wenn man einem Mann wie dir begegnet?‹ fügte die Frau hinzu, und ihrem Mund entwich nach dem letzten Satz ein kurzes Schlürfen, begleitet von einem Grunzen, das ich so noch nie gehört habe. Dieses grunzende Schlürfen drückte so viel Gier aus wie tausend Worte, und im Laufe des Nachmittags wiederholte Sarah es immer wieder, wenn sie von Männern schwärmte.«

R4 wußte nichts über die Eheleute G., erst später erfuhr er von Sarah, daß ihr Mann sie, so oft er konnte, betrogen hatte. »Und nach dem zweiten Wein«, fuhr R4 fort, »schwärmte Sarah von den Italienern und anderen dunklen Männern aus dem Süden. Und Sie wissen, daß die Mehrheit der deutschen Männer es nicht verträgt, wenn ihre Frauen von Männern schwärmen, und am allerwenigsten, wenn die Frauen südliche Männer wegen ihrer Männlichkeit bewundern«, sagte der eitle Schönling.

Diese Männlichkeit der südlichen Männer besteht in der Regel aus lauter Stimme, schwarzen Haaren und Augen, behaarter Brust und dem verzweifelten Versuch, ihre Weiblichkeit zu vertuschen. 99 % der Schwärmerinnen, die ich in Europa getroffen habe, haben in ihrem Leben keine Beziehung zu einem Südländer gehabt, um ihre Vorurteile zu vernichten.

Wie dem auch sei, die Frauen wissen, daß sie mit solcher Schwärmerei die Bleichgesichter im Norden entweder ankurbeln oder ihnen Ärger machen können. Genau das erlebte Aladin Ido. »Sarah«, erzählte er mit Häme, »setzte noch eins drauf und berichtete von einem Urlaub im Süden, bei dem sie und ihr Mann durch einen Zufall auf die Yacht eines Italieners namens Alessandro gekommen waren. ›Welch ein Mann!‹ rief sie, schlürfte dann in besagter Weise und erzählte mit Wonne, wie ihr blasser Gatte damals bei unruhiger See seinen Mageninhalt über Bord gegossen habe.

›Kein Mensch auf Erden erinnert mich so sehr mit seinen warmen Augen, seiner samtenen Stimme, seinem männlichen Auftritt und seinem Lachen an Alessandro wie du.‹ Das Duzen hat mich weniger überrascht als ihre knochigen Finger, die sich unter dem Tisch in meinen Oberschenkel krallten und mich fast zu Tode erschreckten. Sie schlürfte wieder gierig.

›Wir zahlen‹, sagte der Schriftsteller, kaum noch hörbar und mit einem zu einer Maske erstarrten Gesicht.«

»Zu der Abendlesung erschien Sarah alleine«, setzte R4 seinen Bericht fort. »Sie vertuschte mit übertriebenem Lachen ihr Unbehagen, denn ihr Mann saß seit dem späten Nachmittag im Hotelzimmer vor dem Fernseher und wollte mit ihr kein Wort sprechen.«

»Und Nadine?« fragte ich.

»Das ist ja die Crux. Sie kam auch nicht. Ich wußte plötzlich, daß sie mit dem Schriftsteller zusammen war.«

Aladin Ido schwieg.

»Und Sie haben die einsame Frau mit der knöchernen Kralle aus reiner Nächstenliebe getröstet, nicht wahr?« fragte ich.

»Im Islam gibt es keine Verpflichtung zur Nächstenliebe«, lachte er, »aber was heißt Kralle, die Frau hat häßliche knochige Finger, aber sie ist eine verborgene Schönheit und eine Flamme dazu, doch mich hat der Eindruck nicht verlassen, daß sie nicht mit mir, sondern mit Alessandro im Bett gelegen hat«, sagte er nicht ohne Selbstironie.

Vom ungewollten Ausgang in jeder Hinsicht

Plötzlich hatte ich Angela S. wieder am Hals. Jeden Tag ein Brief, ein Fax und ein Anruf. Der Casanova von Weimar stellte sich taub. Was er zu sagen habe, habe er ihr und mir bereits gesagt. Angela suche den Skandal und habe schon lange Kontakt zu der Moderatorin einer Talk-Show aufgenommen. Er könne nichts dafür. Ich saß in der Klemme. Welch eine Katastrophe, wenn das die Öffentlichkeit erfuhr. Rafik Schami läßt eine schwangere Frau oder – etwas später – eine Mutter mit einem süßen Baby im Stich. Mein Gott!

Aladin Ido, R4, behielt seine Ruhe. Er hatte sich vor Jahren sterilisieren lassen und war daher der Überzeugung, daß das Kind nicht von ihm sein könnte. Ich rief Angela an und stellte mich als Saber Schami vor, der Bruder des von ihr angehimmelten Rafik. Aladin Ido, R4, hatte ihr vorsorglich bereits von diesem Bruder als gütigem Trottel erzählt, der Mathematik in Heidelberg lehrte.

Angela war bereits im vierten oder fünften Monat. Sie wisse, sagte sie, daß das Kind von »Rafik« sei. Und am Ende fing ich beinahe an, ihr zu glauben und mit ihr zu weinen. Zwei Stunden blieb ich an den Telefonhörer gefesselt, mein Ohr war rot und platt wie eine Pizza Margherita, doch Angela ließ sich nicht beeinflussen. Sie würde der Presse berichten, wie hartherzig dieser charmante Rafik Schami sei.

Offenbar hatte Angela S. vernünftige Berater gehabt, die ihr empfohlen, sich im eigenen Interesse nicht zuviel aufzuregen und abzuwarten, was die Schwangerschaft am Ende ergeben würde. Sie rief mich wieder an, weinte und sagte, sie brauche Ruhe und würde mich nicht mehr stören, bis »mein« Kind auf die Welt käme.

Von da an habe ich lange nicht von ihr gehört.

Monate später brachte Angela S. ein gesundes, blondes Mädchen zur Welt, und der Vater des Mädchens, ein dänischer Popmusiker, freute sich sehr, weil das Kind ihm wie aus dem Gesicht geschnitten war, aber Angela wollte nicht mit ihm leben.

Wenn man mich früher gefragt hätte, welchen der sieben Doppelgänger ich am liebsten umbringen würde, so hätte ich in einem verzweifelten Augenblick und trotz meiner christlichen Erziehung Salman Attabil genannt, den großen Chaoten und Menschenhasser. Aber niemals wäre ich auf die Idee gekommen, daß ich meinen Doppelgänger R7 in den Tod schicken würde. Das schreibe ich so auf, ohne den geringsten Willen, etwas zu rechtfertigen. R7 ist tot durch meine Schuld, doch was heißt hier Schuld? Es ist eine Kettenreaktion. Ich liebte mein Publikum, mein Publikum liebte mich immer mehr, und damit ich nicht unter dieser Liebe zusammenbrechen würde und sie erwidern konnte, reifte ein Witz zu der einzig möglichen praktischen Antwort auf die Liebe: die Doppelgänger.

Doch daß diese übertriebene Liebe zum Mord führen würde, hatte ich nie für möglich gehalten. Doch genau das ist geschehen.

Mein Doppelgänger R7 war mir nicht sympathisch, aber das mußte er ja nicht sein. Seine Art gefiel mir nicht. Er war nicht nur arrogant seiner Herkunft wegen, sondern mißtrauisch, und die Welt bestand für ihn fast nur aus Verbrechern, die dauernd irgendwelche Verschwörungen ausheckten.

Er wollte am liebsten in Paris oder London leben, doch dort war er aus irgendeinem Grund unerwünscht. Normalerweise sind Franzosen und Engländer nicht so streng, wenn das Konto des Ausländers gut gefüllt ist, aber bei R7 weigerte man sich in beiden Ländern beharrlich, ihm die Einreiseerlaubnis zu erteilen. Das führte er auf die Intervention arabischer Geheimdienste zurück, die mit London und Paris koordinierten. Das könnte auch stimmen. Die europäischen Geheimdienste tun den Arabern solche billigen Gefallen, um dann von ihnen bei Geiselnahmen eine Gegenleistung zu fordern. Das funktioniert seit Jahrzehnten so und hat das Leben einiger Geiseln im Libanon gerettet und das einiger Exilanten schwerer gemacht.

R7 war so unbedeutend, daß man ihm auch ohne Begründung die Einreise verweigern konnte.

Er lebte in München, wo er eine noble Wohnung in Schwabing besaß, die gut und gerne zwei Millionen Mark gekostet hatte.

Da er aus einer adeligen Familie stammte, wollte er in München auch entsprechend leben. Er gab aufwendige Empfänge und kannte viele Berühmtheiten des Show- und Filmgeschäfts. Aber alles langweilte ihn. Und das ist etwas, was ich nie verstehen konnte. Dieser Mann war anfällig für Langeweile wie meine Oleanderbäume für Schildläuse. Ich habe es mit allen Mitteln versucht, aber wenige Stunden später waren die Blätter wieder von ihnen übersät. So auch bei meinem Doppelgänger R7. Man konnte ihm das leckerste Gericht vorsetzen, den schönsten Film vorführen, den deftigsten Witz erzählen, nach fünf Minuten langweilte er sich. Und insofern war er ein Prototyp des Zukunftsmenschen. Dafür hielt er sich nämlich.

Er lebte mit zwei Frauen in der geräumigen Wohnung, in einer offenen und klaren Beziehung. Als ich ihn fragte, warum er das tue, sagte er mir, eine Frau würde ihn langweilen.

Ich habe beide Frauen gesehen. Sie konnten einander nicht ausstehen und wohnten an den jeweiligen Enden der zwei Gänge der Wohnung, deren Mitte das Schlafzimmer des Paschas bildete. Die eine war eine schüchterne Syrerin. Sie war hübsch und zierlich und erinnerte mich an Faten Hamama, eine beliebte ägyptische Schauspielerin und ehemalige Frau des weltberühmten Omar Sharif. Ihre schwarzen Augen hatten eine Melancholie, die nur am Mittelmeer wächst. Ihr Haar hatte eine Schwärze, die keine Haarkosmetik fertigbringt. Sie hieß Haifa und lebte zwar mit ihm, hatte aber noch ein Zimmer im Studentenheim, damit sie Studentin spielen konnte, wenn einer ihrer Verwandten aus Syrien kam, um sie zu besuchen. Sie war nämlich Christin, und es hätte in ihrer Familie große Scherereien verursacht, wenn ihre strengen Eltern herausbekommen hätten, daß sie in wilder Ehe und noch dazu mit einem Muslim lebte. Aber ich glaube, der wahre Grund war ein anderer. Sie hat zwar das extravagante Leben mit ihm vergnügt genossen, ihm aber auf Dauer nicht vertraut. Das Zimmer war eine Garantie für ihre Unabhängigkeit.

Die zweite Frau hieß Nicole und war eine blonde Deutsche mit Vorliebe für schwarzes Leder und vulgäre Ausdrücke. Sie war eine nicht besonders begabte Schauspielerin, die in den Nachmittagsserien für drei, vier Minuten über den Bildschirm huschen durfte.

R7 hatte in allem, was er tat, etwas Verächtliches gegenüber den Menschen. Er sagte mir, er betrachte die Beschäftigung als Doppelgänger bloß als Zeitvertreib. Angeblich hatte er zehn Millionen Dollar von seinem Vater geerbt. Seine Wohnung, sein teurer Sportwagen und sein Umgang mit Geld überzeugten mich davon. Er war der einzige meiner Doppelgänger, den Geld überhaupt nicht interessierte und der nur den Nervenkitzel suchte.

»Wenn ich dadurch meine Langeweile besiege, dann haben Sie das Recht, Geld von mir zu verlangen. Drei Psychiater habe ich bereits in den Wahnsinn getrieben«, scherzte er.

Und ich muß heute zu meiner Schande gestehen, daß ich ihm alles geglaubt habe. Und nie im Leben hätte ich gedacht, daß er alles kaltschnäuzig geplant hatte.

R7 konnte mich als einziger Doppelgänger täuschen. Da und dort gab es kleine Hinweise auf seinen Ehrgeiz und Größenwahn, aber ich habe sie übersehen. Ich habe ihm nichts Böses zugetraut, denn R7 hatte etwas Stoisches, Träges, das seinen Bewegungen etwas Majestätisches und zugleich Dummes gegeben hat. Er verhielt sich auch entsprechend. Er reiste nie ohne seinen Harem. Sie bekamen zwei Einzelzimmer, und ich vermute, daß er mit Honorar und Prämie gerade seine Unkosten decken konnte, denn die Frauen mußten auf seine Kosten ja manchmal in den teuersten Hotels logieren. Aber das war für R7 kein Problem.

Die Buchhändler waren nicht begeistert, aber zufrieden mit ihm. Ab und zu las ich zwischen den Zeilen, daß er viel Sympathie durch seine Hochnäsigkeit verspielt hatte.

Die Meinung von Presse, Publikum und Buchhändlern war ihm gleichgültig, und das Gespräch darüber langweilte ihn. Er wurde dennoch immer süchtiger nach Auftritten. Und das erschien mir zum ersten Mal im Dezember als Widerspruch: auf der einen Seite seine Verachtung gegenüber Geld und der öffentlichen Wirkung seiner Auftritte, zum anderen seine Sucht nach mehr Terminen und Lesungen.

Und nur langsam begriff ich, warum.

R7 hatte als einziger meiner Doppelgänger etwas geplant, das weit über seine Tätigkeit hinausging, ja die ganze Tätigkeit in den Dienst seiner Pläne stellte. Deshalb brauchte er die Auftritte.

Irgendwann dachte ich mir, daß er gefährlich sei, denn das war auch eine seiner Eigenschaften, die mir bereits bei der Schulung aufgefallen war. Er saß wie ein höflicher Priester da und plötzlich brach etwas aus ihm heraus, was mit dem momentanen Gespräch nichts zu tun hatte. Wie in einem Anfall. Es waren nicht selten gütige und manchmal sogar philosophische Sätze, die seinem Mund entwischten, ja, »entwischten« schreibe ich mit Absicht, weil er keine Kontrolle über sie zu haben schien. Doch in der Regel waren es Wutausbrüche gegen die verlogene Welt, gegen Falschheit und Egoismus. Manchmal fragte ich mich doch, ob er nicht vielleicht diese Größe besaß, die ihn, wenn nicht zum Propheten, so doch zu einem hervorragenden Prediger hätte machen können. Das war selten und geschah nur, wenn ich in meinem Büro saß und arabische Musik hörte. Sonst dachte ich, er wäre einer dieser vielen Bürger, die jahrelang normal und unauffällig leben und dann plötzlich Amok laufen, auf einen Turm steigen oder in eine Diskothek gehen und auf Menschen schießen.

Seine plötzlichen Ausbrüche gegen die »irregeleiteten Menschen« erschreckten mich jedesmal, doch ich nahm sie trotzdem nicht ernst genug. Auch heute noch bekomme ich eine Gänsehaut, wenn ich daran denke, wie besessen er war.

Er wollte ein weltweites Imperium gründen. Ein Imperium, dessen Moral einzig und allein darauf basierte, alles gutzuheißen, was die primitiven Bedürfnisse der Menschen befriedigte. Jegliches Verbot galt für ihn als Werk des Teufels, das Menschen zu Verstößen verführen sollte. Sein Ziel war, eine politische, religiöse Sekte zu gründen, die auf der Faszination aufbaute und alle bisherigen Religionen zusammenwürfelte. Ein Größenwahn, jedoch mit realen Chancen in unserer kaputten Welt.

Der Mann meinte es nicht böse, sondern ernst. Er bildete sich in der Tat ein, er sei der neue Prophet, den der Orient hervorgebracht hat. Das ist übrigens eine orientalische Krankheit, die in den Breitengraden Arabiens, Persiens und der Türkei weit verbreitet ist. Wir sind ein Volk von Propheten, doch keiner hat Lust, die Dachrinne zu reparieren.

Nun, je näher das Ende des Februars rückte, um so deutlicher wurde R7. Er gab mir immer häufiger zu verstehen, daß er sich berufen fühlte, Menschen zum Glück zu führen.

Daher waren die Vorträge wichtig für ihn, um Menschen aufzuspüren, die seine simplen Religionsgrundsätze schnell verstehen und ihm als Erlöser willig gehorchen würden. Er duldete keinen Widerspruch und wußte, daß sein Wahn nur von Wahnsinnigen realisiert werden konnte, die sich von Vernunft nicht aufhalten ließen. Und er fand leider viele Anhänger.

Ich bin heute sicher, daß er mich verachtete und zugleich fürchtete. Irgend etwas in mir ließ ihn unter Zwang geraten, mir zeigen zu wollen, wie toll er alles machte. Vor allem war er ernsthaft bemüht mir zu erklären, wie klug der Gedanke hinter diesen primitiven Grundzügen seiner Religion war.

Immer wieder ließ er mich wissen, daß er gerade mit dem Bürgermeister der Stadt Sowieso telefoniert hatte, dem er eine kleine Spende für einen Kindergarten zukommen ließ. Einige seiner blind ergebenen Bewunderer schrieben ihm, ich leitete die Briefe nach Durchsicht an ihn weiter, aber ich wunderte mich langsam darüber, daß ihm Frauen und Männer so ergeben waren, und verstand auch nicht ihre Andeutungen, daß sie ihm bei seinen Projekten zur Verfügung stehen würden, wenn es soweit sein sollte. Er hatte auch weiterhin nichts dagegen, daß ich seine Briefe erhielt und las, und er hielt sich wohl an die Abmachung, niemandem seine Adresse zu geben. Aber das habe ich mir nur eingebildet. Dort, wo es darauf ankam, hielt er mit den Leuten hinter meinem Rücken Kontakt. Das erfuhr ich aber erst spät, zu spät. Denn sobald einer dieser Briefe eines seiner neugewonnenen Anhänger bei mir angekommen und weitergeleitet worden war, folgte nie wieder ein zweiter Brief von derselben Person. Das erregte bei mir den Verdacht, daß er sie heimlich und mit System lenkte. Doch immer wieder versank ich im Chaos, das die anderen Doppelgänger verursachten. Manchmal denke ich, um mich in Schutz vor meiner eigenen Kritik zu nehmen, ich hätte das alles durchschauen können, wenn ich mir Ruhe gehabt hätte. Aber die Hektik ließ mich nicht zum Nachdenken kommen.

Ende Februar erhielt ich einen großen Briefumschlag voller Pressestimmen des Monats Januar. Damit hatte R7 nicht gerechnet, und das hat ihm das Genick gebrochen.

Durch diese Berichte erfuhr ich, daß »ich« in Salzburg und Nürnberg aufgetreten war. In meinem Tourneeplan aber kamen diese Orte gar nicht vor. Einer meiner Doppelgänger hatte mich betrogen; die Sache schien mir aus den Händen zu gleiten.

Ich rief R7 gegen Mitte März an, um mich zu erkundigen, ob er von diesen Hochstaplern gehört hätte, und ich staunte nicht wenig, als R7 mir ohne Umschweife sagte, die Erzähler seien vier tüchtige junge Männer, die er engagiert habe.

»Sie scherzen wohl, was heißt engagiert?«

»Das heißt, sie tun die Arbeit mir zu Liebe und ohne Honorar. Das kommt Ihnen doch zugute. Ihr Name wird dadurch noch bekannter, und ich kann mich jetzt mehr unterhalten. Wissen Sie, die Lesungen fangen an mich zu langweilen, und so dachte ich, ich stelle auch Leute an, die nur ihre Unkosten einbringen sollen. Inzwischen habe ich fünf Leute, die in Bayern und Österreich auftreten.«

»Und wie viele Lesungen haben Ihre Doppelgänger bisher durchgeführt, um Ihre Langeweile zu vertreiben?« fragte ich erschrocken.

»Zehn, fünfzehn, aber das war bis jetzt nur die Probe. Ab April agieren meine Mitarbeiter in allen Bundesländern, in der Schweiz und Österreich. Bereits heute habe ich fünfzig Anfragen, und bis zum Ende der Saison habe ich bestimmt zweihundert. Stellen Sie sich vor, ich bekomme täglich bis zu fünf Anfragen.«

Nein, ich hatte mir nichts eingebildet. R7 war weit schlimmer als all meine Befürchtungen. Er bot mir kalt dreißig Prozent der Einkünfte. So schnell änderte sich seine Sprache. Er sprach wirklich mit dem Gehabe eines arroganten Arbeitgebers.

Eine Katastrophe. Wir telefonierten drei Stunden, ohne daß er von seinen Plänen abzubringen war.

Ich spürte, wie mein Blut in die Füße sackte.

Er hatte bereits mehrere Verträge unterschrieben, wollte Ende März seinen Angestelltenvertrag bei mir kündigen und mir einen neuen Vertrag als Geschäftspartner unterbreiten.

»Und was ist, wenn ich ablehne? Was ist, wenn ich Sie anklage?«

»Das empfehle ich Ihnen nicht. Denn am Ende kommt heraus, daß ich Rafik Schami heiße und nicht Sie. Der Name Rafik Schami gehört mir, und Sie sollten sich einen anderen einfallen lassen.«

Ich brachte keinen Ton mehr heraus.

»Ich würde Ihnen empfehlen«, sprach er weiter, »stillzuhalten, bis ich auf die Lesungen verzichten kann. Zur Zeit brauche ich diese Auftritte noch. Das sensible Publikum, das sich in seiner Phantasie noch Welten und Glück vorstellen kann, wird die erste Generation meiner Anhänger bilden, die sich wie ein Schutzwall um den harten Kern aus wenigen, aber absolut soliden Anhängern stellt, den ich bereits aufgebaut habe. Danach kommt das Fußvolk mit hängender Zunge, wenn genug wichtige Leute die Meinen geworden sind.«

Ein Größenwahnsinniger sprach, und ich fror vor Angst. Was machte man da? Ich kam mir vor wie einer, der als einziger Geister sieht und mit ihnen spricht, während alle anderen nichts wahrnehmen. Ich befürchtete plötzlich, auch noch verrückt zu werden, weil dieser R7 mich immer weiter in den Morast hineinzog, aus dem ich endlich wieder herauskommen wollte.

»Und was ist, wenn ich Sie öffentlich blamiere?«

»Ach was, Sie werden nicht einmal für fünf Minuten die Aufmerksamkeit auf sich lenken können. Und wenn, dann verderben Sie vielleicht gerade diese eine Lesung, aber parallel dazu laufen ja am selben Abend zehn bis zwanzig. Es bleiben also neunzehn von Ihrer Blamage unberührt. Und wenn ich meine ersten zehntausend Anhänger erst einmal habe, brauche ich keine Lesungen mehr.

Ich fahre dann nicht mehr zu den Leuten, sondern lasse sie zu mir kommen.«

Es war also nichts zu machen. R7 gestand mir, daß er die Idee mit den Doppelgängern schon vor mir gehabt habe und etwas erschrocken gewesen sei, als er bei der Schulung Parallelen zu seinem Konzept entdeckt habe, eine Sekte gründen zu wollen. Er habe sich aber bald beruhigt, als er meine Naivität und mein bescheidenes literarisches Ziel erkannt hätte. Und schon Anfang Dezember habe er seine erste Gemeinde in München gegründet. Dreißig Mitglieder seien damals eingetreten, heute seien es dreihundert, und es würden jeden Tag mehr. Alles Crème de la crème. Und er setze große Hoffnungen auf seine Auftritte im Fernsehen. Die Verträge habe er bereits unterschrieben.

Ich fühlte einen Stich in meiner linken Schläfe, und der Schmerz sprühte winzige Sterne über mein Auge. Eine eigenartige Scham befiel mich ob meiner oberflächlichen Menschenkenntnis. All die Bemerkungen, die ich sorgfältig zu Anfang meiner Tätigkeit mit den Doppelgängern notiert hatte, besaßen auf einmal keinen Wert mehr. Das war eine andere Dimension eines Menschen, den ich nicht im geringsten durchschaut hatte.

Er hatte tatsächlich keine Hemmungen mehr. Erfolg galt ihm alles. Er setzte auf massenhafte Durchsetzung und nicht auf Originalität.

Am nächsten Tag rief ich R7 erneut an und versuchte ihn von seinen Plänen abzubringen, aber er lachte nur. Ich solle doch nicht zu viele Ängste entwickeln, ich würde nur Vorteile davon haben. Und da merkte ich, daß ich zum Bettler geworden war.

Jetzt fällt mir auch ein, daß ich – während all dieser Gespräche – mit ihm arabisch sprach und er auf deutsch antwortete. Mein Arabisch betonte heuchlerisch die Brüderlichkeit, damit wollte ich wohl instinktiv das Schlimmste abwenden. Sein Deutsch war formal, kalt und gekünstelt.

Er tröstete mich erneut. Er würde ja nur vorläufig meinen guten Ruf benutzen, auch nur vorläufig Erzählabende gestalten. Es galt, den Privatmarkt zu bedienen und die reichen gelangweilten Familien mit einem Spezialprogramm zu unterhalten.

»Die Buchhändler werde ich bald wieder Ihnen und Ihren Rittern von der traurigen Gestalt überlassen. Im Privaten ist das Geschäft und die Anhängerschaft zu finden. Agenturen überziehen das Land mit Programmen der unendlichen Unterhaltung, die man bestellen kann. Man hat Gäste und weiß, nach fünf Minuten wird man sich trotz Video, Musik und Familienspielen langweilen. Plötzlich kommt eine Truppe und überrascht mit ihrer variablen und intelligenten Unterhaltung. Sie erzählt, zaubert, kocht, berät, tanzt und massiert sogar, wenn es gewünscht wird. Der Abend wird nach Wunsch zusammengestellt, und Sie können sicher sein, es gibt ungeheuren Bedarf. Es gibt für den satten Menschen keinen schlimmeren Feind als die Langeweile. Und hat man dann diese Kundschaft einmal an sich gebunden, so kann man ihnen geistige Werte anbieten, ihnen die Ursache all ihrer Langeweile, all ihrer Leere erklären ...«

»So nach dem Motto: Rafik Schami befreit Sie, meine Damen und Herren, von Ihrer Langeweile«, unterbrach ich ihn giftig.

»Ja, genau, und Sie werden sehen, daß mein Name innerhalb von zwei Jahren in aller Munde ist. Sie wollen erfolgreich sein? Nach fünfzehn Jahren mühseliger Reisen kennen Sie vielleicht ein paar hunderttausend Menschen in diesem Land. Welch eine miserable Ausbeute. Ich garantiere Ihnen, wenn ich drei Jahre gewirkt habe, kennen mich alle achtzig Millionen Deutsche.«

»Dann lassen Sie die doch Finger von den Lesungen und von den Buchhändlern«, sagte ich fast flehend.

»Das geht nicht. Genau diese feine Schicht, die man in den Buchhandlungen trifft, muß ich gewinnen, und bei ihr scheitere ich oder erobere den Himmel. Wissen Sie, eine Buchhandlung ist der Trog in einer Winterlandschaft, bei dem die Rehe, die schönsten Tiere des Waldes, ihr Überleben suchen.«

Dieser Wahnsinn erschreckte mich derart, daß ich zum ersten Mal in meinem Leben mitten im Gespräch aufgehängt habe. Nicht einmal bei den schlimmsten Beschimpfungen und Drohungen hatte ich bisher den Hörer aufgelegt, aber meine Nerven konnten diesen Horror nicht mehr ertragen.

Er sprach lyrisch, und aus seinen Worten winkte der Tod.

Plötzlich wurde mir klar, daß der schlimmste Feind einer übersättigten Gesellschaft nicht die Korruption, sondern die Unersättlichkeit ist. Sie ist der nimmersatte Hunger nach mehr und Ursache für viele folgende Verbrechen. Dieser Rafik Schami hatte das erkannt und den genauen Plan dazu entwickelt, wie er durch diesen Riß in der Seele der Menschen in ihre Herzen hineinschlüpfen konnte.

Was sollte ich machen? Nächtelang konnte ich nicht ruhig schlafen. Alle anderen Probleme waren auf einmal klein, Nebensächlichkeiten, die ich in dieser Zeit erledigte oder verschmerzte, weil sie mich am Ende auch nicht mehr berührten. Mein Rechtsanwalt empfahl mir, allen Doppelgängern zum 31.3. zu kündigen, was ich auch tat. Ich zahlte sie aus und überhörte die Empörung von Schadi Malas, R1, Aladin Ido, R4, und Gino Bianco, R5. Sie waren enttäuscht, da sie mittlerweile Gefallen an der Arbeit gefunden hatten und wegen ihrer gewonnenen Routine doppelt so viele Lesungen in der nächsten Saison halten wollten. Ich aber konnte das Wort Doppelgänger nicht mehr hören.

Eines Tages rief mich eine Freundin an, ich solle schnell das erste Programm einschalten. Es war am 2. April. Ich weiß es bis heute. Ich schaltete also ein und sah diesen Unglücksraben, der zufälligerweise Rafik Schami heißt. Die Moderatorin war hin und weg von seiner Eleganz und erklärte ungefragt und grinsend ihre Sympathie.

Er sei der echte Rafik Schami, prahlte er, und es gäbe nun mehrere Nachahmer, die ab und zu altmodische Geschichten erzählten und sich ebenfalls Rafik Schami nennen würden. Er habe Mitleid und gönne ihnen die paar kleinen Buchhandlungen und Volkshochschulen. Offiziell, wie hier in dieser Talk-Show, sei es nur dem Original erlaubt, unter dem Namen Rafik Schami aufzutreten. Dann gab es auch noch Werbung für ihn. Seine Adresse wurde eingeblendet, damit sich Interessenten bei ihm melden konnten. Und er bot ein spannendes Programm an, für den privaten Rahmen und für jede Gelegenheit. Auch im Internet sei er zu erreichen. Dort offerierte er kluge Unterhaltung und Anschluß an seine alles heilende »lustige Gesellschaft«, wie er seine Sekte nannte.

Das war kein Spaß mehr, das war ein Vernichtungsversuch.

Unsere Gegner und Feinde formen uns mehr als unsere Freunde. Meine bisherigen Feinde waren alle langsam gewesen. Sie hatten mir zwar Arbeit und Energieverlust verursacht, aber sie hatten mich nicht gehetzt. Sie waren langsamer als ich, und damit entkam ich ihren Anschlägen. Hier aber war einer, der in allem schneller war als ich.

Und mich befiel der Wahn eines Eingekesselten. Ich sah keine Rettung mehr. Mir blieb nur eins: ihn öffentlich fertigzumachen, ohne Rücksicht auf Verluste oder vorübergehende Verunsicherung des Buchhandels. Ich mußte mir sein Reiseprogramm beschaffen und ihn auf Schritt und Tritt verfolgen, von Lesung zu Lesung, bis er aufgab. Seine Mitarbeiter würden auseinanderstieben, sobald ihr Kopf erst einmal getroffen war. Das war das einzige Mittel, das noch helfen konnte.

Ich bat Edith H., eine Filmemacherin und Journalistin, mir zu helfen. Und sie schrieb dem Hochstapler, sie sei interessiert an einem Film fürs Fernsehen, bei dem ein Team den berühmten Erzähler begleite, die Lesungen und das Rahmenprogramm filme und dazu Gespräche mit dem

Autor im Zug, im Hotel und in Cafés führen wolle. Daher sei es notwendig, die Reiseroute zu erfahren. Der eitle Rafik Schami biß an. Er schickte postwendend seinen Tourneeplan. Es waren von Anfang April bis Ende Juni über 120 Lesungen geplant, manchmal drei Lesungen an einem Tag.

Ich konnte kaum noch schlafen und litt dauernd unter Migräne. Immer wieder spielte ich meine Rolle durch. Ich würde unauffällig in den Saal schleichen und warten, bis er angefangen hatte, dann ganz ruhig aufstehen und langsam auf die Bühne gehen. Ihn dort vor dem Publikum stellen und herausfordern, wenn er der richtige Rafik Schami wäre, sollte er die und die Stelle aus der und der Geschichte erzählen, denn ich konnte alle meine Geschichten zu jeder Zeit erzählen. Er bestimmt nicht. Ich könnte es sogar noch eindeutiger machen und das Publikum bitten, den Titel einer meiner vielen Geschichten zu nennen, und wir würden sehen, wer sie besser erzählte. Und hätte ich ihn entlarvt, würde ich seine Sekte lächerlich machen. Er müßte dann die Bühne verlassen, und ich würde mich beim Publikum mit einer einmaligen Lesung bedanken.

Juristisch hätte ich auch gar nichts gegen diesen Doppelgänger unternehmen können. Er wußte das vom ersten Augenblick an. Letzten Endes hieß er Rafik Schami, und ich trage den Namen nur als Pseudonym. Sicher, moralisch wäre ich im Recht gewesen, denn ich habe den Namen mit Inhalt und Charakter, Konturen und Eigenschaften gefüllt, die viele in diesem Land mit einer ganz besonderen Literatur und einer ebenso besonderen Art des Vortragens verbinden. Rafik Schami lag als Name auf der Straße, anonym und gesichtslos, bis ich ihn aufgehoben und belebt habe. Dieser Prozeß, der fünfzehn Jahre härteste Arbeit gekostet hat, besitzt juristisch den Wert einer alten Orangenschale. Der bürgerliche Name hat am Ende mehr Geltung als das Pseudonym. Und R7 trug den bürgerlichen Namen.

Nein, die Gerichte konnten nicht meine Zuflucht sein.

Es blieb nur das hartnäckige Entlarven. Abend für Abend.

Und das wirkte tatsächlich! Zunächst.

Seine erste Lesung war in Ingolstadt. Ich rief den Buchhändler und sagte ihm, er solle heute abend keinen Schreck bekommen, denn es würde bestimmt eine Auseinandersetzung geben.

»Was für eine Auseinandersetzung?« fragte der Buchhändler erstaunt.

»Es wird dich eher verwirren als aufklären, wenn ich dir alles erzähle«, sagte ich.

»Nun, spann mich nicht auf die Folter«, tadelte der Buchhändler.

»Gut, heute werden zwei Rafik Schamis bei dir auftauchen, ich und ein Hochstapler, der als Doppelgänger von mir agiert.«

»Das kann man doch nicht machen. Hast du einen Rechtsanwalt ...«

»Lieber Freund«, unterbrach ich den guten Buchhändler, »es hilft außerhalb der Lesung kein Mittel mehr, um ihn davon abzuhalten. Es bleibt nur die Entlarvung direkt vor dem Publikum.«

»Und sieht er dir ähnlich?« fragte er.

»Wie ein Ei dem anderen. Als wäre er ein Erzeugnis von Dr. Frankenstein«, antwortete ich, auf Mary Shelleys Roman anspielend, den sie, weiß der Teufel warum, in Ingolstadt spielen ließ.

»Und wie sollen wir armen Buchhändler das Original von der Kopie unterscheiden?« fragte er.

»Das wird das Publikum herausfinden, und dir sage ich es jetzt. Derjenige, der an dir vorbeigeht und ›Kernlose Trauben‹ sagt, ist der echte.«

Der Buchhändler lachte. Es war eine große Liebeserklärung gewesen, daß er mir bei unserer ersten Begegnung zum Abschied kernlose Trauben gekauft, gewaschen und als Reiseproviant geschenkt hat.

Ich quartierte mich in einem Hotel ein. Vom Buchhändler hatte ich erfahren, daß mein Doppelgänger nicht in Ingolstadt übernachten, sondern nach der Lesung nach München zurückkehren wollte.

Den ganzen Tag ging ich nervös im Park und an der Donau spazieren.

Mein Herz flatterte wie verrückt vor diesem Auftritt. Da ich als Kind bereits erzählt hatte, hatte ich bis dahin nie das sogenannte Lampenfieber gekannt, weil ich stets dem Rat meines Vaters gefolgt war: Binde dein Kamel dreimal fest und verlasse dich danach auf Gott.

Diesmal aber zitterte ich.

Die Lesung war in der Volkshochschule. Ich stand abseits, mit Schiebermütze und vertieft in eine Zeitung, und bald schwirrten die Leute in den Saal. Der Pfau Rafik Schami stolzierte herbei, umgeben von drei seiner Jünger, die ihn förmlich anbeteten und umflatterten, damit niemand dem edlen Massenpropheten zu nahe kam. Ich sah den Buchhändler und seine Frau am Eingang. Beide waren sichtlich nervös.

Kurz darauf stand ich auf und ging zur Toilette, nahm die Mütze ab, kämmte mich und ging in den Saal. Der Buchhändler stand an der halboffenen Tür, um verspätete Zuhörer hineinzulassen. Etwa zehn Sitzplätze waren in der letzten Reihe noch frei. Dreihundert Leute saßen im Saal. Ein Mann mittleren Alters führte »Rafik Schami« kurz ein, dann trat mein Doppelgänger auf, arrogant und glänzend. Als er das Publikum begrüßte, stand ich genau hinter dem Buchhändler. »Kernlose Trauben«, flüsterte ich. Er drehte sich um und erschrak.

»Mein Gott, Rafik!«

»Unglaublich, nicht wahr?«

Er antwortete nicht. Er drückte mir freundschaftlich die Hand, und ich ging nach vorne.

Der Doppelgänger stockte, aber ich beachtete ihn nicht. Das Publikum hielt den Atem an. »Meine Damen und Herren«, sagte ich und spürte meine trockene Kehle. Rafik Schami taumelte zwei Schritte zurück, schüttelte den Kopf und versuchte zu sprechen, doch seine Stimme versagte, so groß war sein Schock.

»Sind Sie verrückt geworden?« fauchte er mich kaum hörbar an. Ich achtete nicht auf ihn, sammelte meine ganze Energie und rief in den Saal: »Meine Damen und Herren, Sie erleben heute abend den Anfang vom Ende eines Plagiators, der, gestützt auf die zufällige Ähnlichkeit mit mir, als Doppelgänger Ihre Sympathie, die Sie mir seit Jahren entgegenbringen, ausnutzen wollte. Ich werde ab jetzt auf jeder seiner Veranstaltungen auftreten und zeigen, wer das Original ist und wer die Kopie, und Sie sollen urteilen.«

Der Doppelgänger verließ langsamen Schrittes und fast unbemerkt den Saal. Ich dachte, es würde ein triumphaler Abend werden, doch ich irrte mich gewaltig. Das Publikum war so verwirrt, daß der Saal auch an den Stellen, die Heiterkeit auslösen sollten, stillblieb. Und ich hatte das Gefühl, daß das Publikum vor Unsicherheit und Mißtrauen gelähmt war.

Ich hatte bis zu jener Woche gedacht, die Wahrheit bräuchte nur ihren Kopf zu zeigen und schon würde sich die Unwahrheit ins Dunkle ihrer Niederlage zurückziehen. Schon bald mußte ich diesen Glauben als naiv betrachten.

Die nächsten drei Buchhändler, die ich anrief, wollten von der Angelegenheit eines Doppelgängers nichts hören. Sie wollten ihre Ruhe.

»Klären Sie bitte die Echtheit von Rafik Schami woanders. Es geht bei der Veranstaltung um das Fest des zehnjährigen Bestehens meiner Buchhandlung, und ich möchte es nicht mit einem Skandal begehen«, sagte mir einer. Ich versicherte ihm, daß ich Verständnis hätte. Bis heute habe ich Verständnis für die Buchhandlungen, die dem Theater der Entlarvung eines Hochstaplers nicht beiwohnen wollten.

Und dann kam die Lesung in Essen-Werden.

Ich rief den Buchhändler an und erzählte ihm die Wahrheit über meinen Doppelgänger Rafik Schami. Er blieb eine Weile still und sagte dann in einer versöhnlichen Art: »Dann komm um drei Uhr nachmittags zu mir. Ich lade auch den anderen Rafik zum Kaffee ein, dann können wir offen miteinander reden. Der echte bleibt, und der unechte geht, ohne das Gesicht zu verlieren.«

Die Lösung schien mir die beste zu sein. Warum vor dem Publikum austragen, was im Vorfeld geklärt werden konnte?

Punkt drei war ich also da. Fünf Minuten später erschraken die zwei Frauen, als R7 im Laden erschien und nach dem Buchhändler fragte. Dann aber lachten sie und hielten es für einen Spaß, den ich mit ihnen trieb. Sie zeigten R7 die Treppe, die zum Kaffeeraum nach oben führte. Plötzlich stand er in der Tür. Er sah nicht ängstlich aus, wie ich erwartet hatte, sondern erstaunlich gelassen.

»Gott sei Dank habe ich nichts getrunken, sonst würde ich an der Klarheit meines Verstandes zweifeln«, sagte der Buchhändler. »Wer ist nun der echte?« flüsterte er kaum hörbar.

»Er soll doch seinen Ausweis zeigen«, sagte Rafik Schami. Das war sein Triumph. »Hier ist meiner«, und er streckte dem Buchhändler seinen Ausweis entgegen. Gott sei Dank war dieser schüchtern und schaute gar nicht hin.

»Was ist ein Ausweis? Ich kann dir jeden beliebigen Paß auf jeden beliebigen Namen bringen. Der echte von uns beiden ist der, der Erinnerungen mit dir teilt, aus der Zeit, bevor ein Rafik Schami zum Star wurde. Der unechte hat überhaupt keine gemeinsamen Erlebnisse mit dir.«

»Gut«, sagte der Buchhändler wie benommen, »welche Geschichte hat der echte Rafik Schami mir vor Jahren geschenkt?«

Ich dachte, das würde dem Doppelgänger den Hals brechen. Ich hatte mich geirrt.

»Das ist ja wie eine Schulprüfung. Die Geschichte heißt *Die Geburt*, ich habe sie dir zu Weihnachten geschenkt, aber ich beantworte keine Fragen mehr. Das ist unter meiner Würde. Ich mache nicht mit«, sagte er und stand wütend auf, »und du kannst sicher sein, daß der echte die Lesung heute abend hält«, fügte er hinzu und ging.

Die Kenntnisse des Doppelgängers verschlugen mir die Stimme, dem Buchhändler offenbar auch. Wir saßen eine Weile einander schweigsam gegenüber, dann sah ich es als meine letzte Chance, dem Buchhändler ein paar alte gemeinsame Erinnerungen und Einzelheiten über Lesungen und Begegnungen der früheren Jahre zu erzählen.

Bald war er überzeugt, daß ich der echte Rafik Schami war, sagte aber fortwährend entgeistert: »Wer ist dann der andere?«

Wir tranken noch einen Kaffee und klopften uns aufmunternd auf die Schulter, dann machte ich mich auf den Weg ins Hotel, um mich zu erfrischen und auf die Lesung vorzubereiten. Ich war sicher, daß R7 längst verschwunden war.

Wo der Doppelgänger untergebracht war, interessierte mich nicht. Mein Hotel lag in der Stadt Essen. Ich fuhr dorthin und merkte die ganze Zeit nicht, daß offensichtlich jemand hinter mir her war.

Im Hotel angekommen, nahm ich meinen Zimmerschlüssel und fuhr in den dritten Stock. Ich hatte mich gerade ausgezogen, als es an der Tür klopfte.

»Ja, bitte?« rief ich.

»Ein Fax für Sie«, sagte eine sanfte männliche Stimme. Ich öffnete die Tür und erlebte die Hölle. Ein Schlag traf mich hart ins Gesicht und warf mich zurück, drei Männer drangen schnell ins Zimmer und schlossen die Tür hinter sich. Einer von ihnen knebelte mich, so daß ich keinen Laut mehr von mir geben konnte.

»Diesmal soll es dir eine Lektion sein, beim nächsten Mal wirst du sterben«, sagte einer von ihnen auf arabisch mit ägyptischem Akzent. Sie traten mich in die Rippen, in den Magen und ins Gesicht. Bald spürte ich nichts mehr.

Ich weiß nicht, wie lange ich auf dem Boden lag. Als ich zu mir kam, war es bereits nach acht. Wahrscheinlich war jetzt der Doppelgänger dabei, sein Publikum zu unterhalten.

Was sollte ich tun?

Die Polizei zu alarmieren hätte einen Skandal ausgelöst. Ich hatte nur eine Chance, diesem Spuk ein Ende zu setzen. Ich mußte ihn allein erwischen.

Ich wollte ihn eine Woche in dem Glauben lassen, daß seine Lektion angekommen war, dann würde ich angreifen.

In Mannheim kam es zur Entscheidung. Ich fand leicht heraus, in welchem Hotel er untergebracht war. Ich fuhr sehr früh in die Stadt, meldete mich an der Rezeption, nahm den Schlüssel in Empfang, sperrte das Zimmer auf und lief schnell zurück, gab den Schlüssel ab und kehrte ins Zimmer zurück. Ich wartete geduldig. Mein Doppelgänger kam arglos ins Zimmer. Ich hörte, wie er sich von seinen Frauen Nicole und Haifa verabschiedete. Seine Jünger und Leibwächter schickte er in die Hotelbar.

»Wenn ich euch brauche, rufe ich euch«, hörte ich im Schrank versteckt ihn sagen. Kaum war er allein, rief er die Syrerin Haifa an, sie solle in zehn Minuten zu ihm kommen, weil er Verlangen nach ihr habe.

Seine Schritte kamen näher. Er schob die Schranktür zur Seite, um seine Jacke aufzuhängen. Da schlug ich ihm mit aller Kraft ins Gesicht. Er taumelte mit geweiteten Augen rückwärts und fiel steif um. Dabei schlug sein Kopf oder sein Hals auf die scharfe Kante des niedrigen Marmortisches. Er gab ein kurzes Gurgeln von sich, dann fiel der Körper schwer zu Boden. Er bäumte sich noch einmal auf und blieb dann mit verdrehten Augen leblos liegen.

Ich wußte, daß er tot war, und ich wußte auch sofort, was ich zu tun hatte.

Ich griff zum Telefon, und als ich die Stimme der Frau an der Rezeption hörte, röchelte ich in den Hörer. »Hier Rafik Schami, ich bin unglücklich gestürzt und brauche dringend einen Arzt.«

Dann ging ich zielstrebig, aber wie benommen zur Tür. Draußen auf dem Korridor begegnete ich der hübschen Haifa.

»Wo gehst du hin, mein Herz?« fragte sie.

Plötzlich war mir klar, was ich tun mußte. »Frag nicht viel, hol deine Sachen und fahr mit dem Aufzug in die Garage, dort warte ich auf dich.«

»Und Nicole?« fragte sie.

»Zum Teufel mit Nicole, wenn du nicht in fünf Minuten unten bist, fahre ich ohne dich!« sagte ich leise, küßte sie auf die Lippen und rannte in die Garage, wo mein Auto stand.

Für ein paar Sekunden plagten mich Gewissensbisse, aber ich erstickte sie mit der Beruhigung, daß Gerechtigkeit hier nicht zur Debatte stand. Es war eine Sache von Halunke zu Halunke. Solche Sachen kommen im Süden nie vor Gericht. Weil alle Seiten unmoralisch und gegen jede Ethik handeln, kann der Verlierer nicht am Ende Gerechtigkeit verlangen. Dafür gibt es am Mittelmeer so etwas wie Ehrengerichte, die für solche Fälle zuständig sind. Die Richter sind selber Verbrecher und deshalb stimmt dann die Chemie, und sie sprechen Urteile aus, die bis zur Hinrichtung reichen. Daher kann deutsche Gerechtigkeit den Fall nicht erfassen.

Haifa war in weniger als fünf Minuten da. Wir fuhren unbehelligt davon. Ich erklärte ihr, daß ich mich für sie entschieden hätte und daß ich durch ein Komplott bedroht wäre und deshalb in den nächsten zehn Jahren in Südfrankreich inkognito leben müßte und nur noch Bücher schreiben wolle. Was auch den Vorteil hätte, daß Nicole uns nie finden würde.

Sie war begeistert.

Innerhalb von wenigen Tagen erledigte ich meine geschäftlichen Beziehungen in Deutschland. Haifa löste ihre Wohnung auf, schrieb ihren Eltern, daß sie nach Kanada auswandern wolle, und wir fuhren nach Südfrankreich, wo ich ein kleines Haus in der Gegend von Sète kaufen wollte. Eine Schiffsverbindung in den Orient wäre uns vielleicht einmal nützlich.

Alles ist wunderbar, und ein anderer würde sagen, ich lebe im Paradies. Doch weit gefehlt.

Ich habe bis dahin nie gewußt, was Eifersucht ist. Aber jetzt zerfrißt sie mich förmlich, wenn ich spüre, wie Haifa mit jeder ihrer Bewegungen, Liebkosungen und Bemerkungen nicht mich meint, sondern meinen Doppelgänger.

Und ich kann ihr alles erzählen, nur nicht die Wahrheit.

Rafik Schami
im Carl Hanser Verlag

Milad
Von einem der auszog,
um einundzwanzig Tage satt
zu werden.
Roman
1997. 176 Seiten

Loblied und andere Olivenkerne
Aus dem Tagebuch der Fremde
Mit Zeichnungen von Root Leeb
1996. 48 Seiten

Der fliegende Baum
Die schönsten Märchen, Fabeln
und phantastischen Geschichten
Mit Zeichnungen von Root Leeb
1984. Neuauflage 1997. 512 Seiten

Märchen aus Malula
Mit Zeichnungen von Root Leeb
1987. Neuauflage 1997. 240 Seiten

Die Sehnsucht fährt schwarz
Geschichten aus der Fremde
Mit Zeichnungen von Root Leeb
1996. Neuauflage 1997

Der Fliegenmelker
Geschichten aus Damaskus
Mit Zeichnungen von Root Leeb
1993. Neuauflage 1997
192 Seiten mit 9 Bildern

Reise zwischen Nacht und Morgen
Buchausstattung von Root Leeb
1995. 384 Seiten

Das ist kein Papagei
Mit Zeichnungen von Wolf Erlbruch
1994. 26 Seiten

Zusammen mit Uwe-Michael Gutzschhahn
Der geheime Bericht über den Dichter Goethe
Wie er eine Prüfung auf einer
arabischen Insel bestand
1999. 192 Seiten